PETRA RITSCHEL

UNTERWEGS MIT ARMINIUS

Melinas unglaubliche Reise in die Vergangenheit

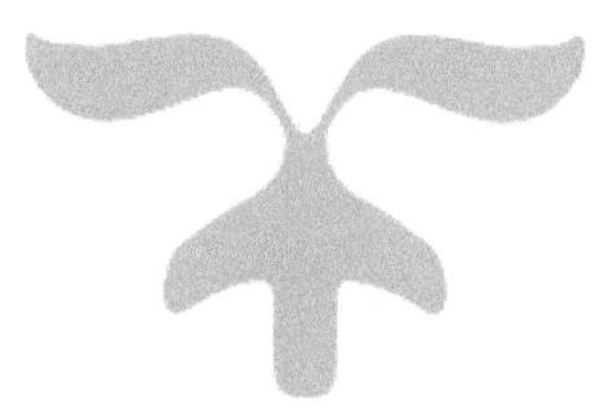

Petra Ritschel

Unterwegs mit Arminius

Impressum

2. Auflage
© 2016 Petra Ritschel

Ausgaben:
eBook und Taschenbuch

Alle Rechte vorbehalten.
Kein Teil des Werkes darf in irgendeiner Form ohne
schriftliche Genehmigung des Verlegers reproduziert
oder vervielfältigt werden.
Verwendung, speziell in digitalen Medien, wird
ausdrücklich untersagt.

Coverfoto: Petra Ritschel
Covergestaltung: Petra Ritschel
Hersellung und Verlag:
BoD - Books on Demand, Norderstedt

ISBN:
978 3743 142794

Für meine Mutter.

Danke für alles.

Petra Ritschel

UNTERWEGS MIT ARMINIUS

Melinas unglaubliche Reise in die Vergangenheit

8

„**M**ein Name ist Arminius, von fürstlichem germanischem Geblüt und siegreicher römischer Feldherr. Berühmt durch viele erfolgreiche Schlachten des römischen Imperiums!"

So hatte sich der merkwürdige Hund vor einer halben Stunde vorgestellt, als Melina ihn hinter ihrer Kellertür sitzend fand.

Sie hatte sich spontan gefragt, ob sie das nächstgelegene Tierheim anrufen sollte, um den Hund abholen zu lassen. Oder war es vielleicht dringender, einen Termin bei einem Psychiater für sich selbst zu machen?

Wo war ihr rationaler Verstand geblieben? Seit wann gab es sprechende Hunde und wie konnte dieses Tier in ihren Keller gelangen?

Nur zufällig hatte sie den fremden Hund dort gefunden. Als sie die Kellertür öffnete, um sich eine Flasche Wein für den Freitagabend zu holen, stand ihr plötzlich dieses zottelige Tier gegenüber. Nachdem er sich vorgestellt hatte, erhob er sich, stolzierte wie selbstverständlich in ihr Wohnzimmer und machte es sich auf dem Sofa bequem.

Nun sitzt er dort und versucht ihr diese unglaubliche Geschichte zu erzählen.

Melina ist sich sicher, dass ihr Verstand ausgesetzt hat oder es sich um einen Traum handeln muss. Doch die vielen Hundehaare auf ihrem hellen Sofa sprechen für sich.

Eigentlich ist die junge Frau durch und durch Realistin. Auch wenn sie mit ihren blonden Locken und den großen veilchenblauen Augen absolut dem Bild einer naiven Blondine entspricht, hat sie für Spinnereien und durchgeknallte Fantasy-Geschichten nichts übrig.

Doch nun sitzt ihr ein rotblonder Mischlingshund mit ungepflegtem, struppigem Fell gegenüber und will ihr erzählen, er sei ein germanischer Held. Sie sieht ihn missbilligend an und wartet auf eine gute Erklärung für seine unerwartete Anwesenheit in ihrem Haus.

Jetzt schaut sich ihr eigentümlicher Gast unsicher im Wohnzimmer um. Sein Blick fällt auf den aufgeräumten Schreibtisch. Neben ihrem neuen Computer befindet sich ein Stapel mit Klassenarbeiten, die sie dieses Wochenende dringend korrigieren muss. Auch den Flachbildfernseher in der Ecke mustert er mit skeptischen Blicken. Dann schaut er Melina erneut mit seinen dunklen Hundeaugen an.

Hörbar holt er Luft, um dann in einem auffällig hochmütigen Ton noch einmal anzufangen: „Mein Name ist Arminius, Feldherr der römischen

Legionen in Germanien. Sicher habt Ihr bereits von mir gehört.“

„Meinst du >Arminius< oder auch >Hermann der Cherusker<, den germanischen Fürsten, der im Auftrag der Römer die Germanen unterwerfen sollte? Er ging in die deutsche Geschichte ein, weil er den römischen Truppen während der Varus-Schlacht im Jahre 9 nach Christus ihre schwerste Niederlage beibrachte. Ihm wurde 1875 in Detmold sogar ein Denkmal gesetzt. Natürlich habe ich von ihm gehört, schließlich habe ich Geschichte studiert.“

„Ah, wie gut, Ihr kennt also meinen legendären Ruf“, stellt der Hund sichtlich zufrieden fest. „Und mit welch‘ edler Dame habe ich das Vergnügen?“

„Mein Name ist Melina Lorenz und du bist hier in meinem Haus. Ich bin Lehrerin für Deutsch und Geschichte am städtischen Gymnasium. Daher bin ich auch sicher, dass Arminius definitiv ein Mensch war!“

„Na ja, es ist mir unangenehm zuzugeben, dass es einen bedauerlichen Zwischenfall während meiner Reise durch Raum und Zeit gegeben hat. Aus diesem betrüblichen Grund bin ich gezwungen, um Eure wohlwollende Unterstützung zu ersuchen.“

Zerknirscht und bittend schaut der Hund die junge Frau an.

Melina bleibt skeptisch und mustert den Hund misstrauisch. Sie fragt sich gerade, welcher ihrer

Schüler ihr wohl einen üblen Streich spielt. Möglichst unauffällig sieht sie aus dem Wohnzimmerfenster, um herauszufinden, wer dort mit einer Kamera im Garten steht. Ein kurzer Blick zeigt jedoch, dass dort niemand ist.

Schon oft hat sie sich gefragt, ob ihre Schüler sie wohl mögen. Doch ihr ist klar, dass sie mit ihrer Fächerkombination nicht „cool" genug ist.

Nun sieht sie leicht verärgert zu dem Hund hinüber.

„Vielleicht erklärst du erst einmal, wie du hierhergekommen bist."

Sie muss total überarbeitet sein, jetzt unterhält sie sich sogar schon mit einem Hund. Soll sie wirklich glauben, dass ein römischer Feldherr aus dem ersten Jahrhundert der Zeitrechnung vor ihr sitzt?

„In den unterirdischen Gewölben dieses Hauses endet einer der Tunnel durch Zeit und Raum, durch den ich zu Euch gelangte. Ein göttlicher Zauber verwandelte meine Gestalt in die eines edlen Wolfes, als ich durch die ewigen Zeiten wanderte. Ihr müsst mir helfen, meine menschliche Gestalt zurück zu erlangen."

„Du irrst dich, denn du bist keineswegs ein edler Wolf, sondern ein gewöhnlicher Hund. Aber wie konntest du durch die Zeit reisen?", fragt Melina noch einmal. Sie weigert sich, seine völlig verrückte Geschichte zu glauben.

„Wie soll ich dir helfen, wenn ich nicht mal weiß, wie du hierhergekommen bist?", fragt sie erneut nach, um nicht über Zauberei und Zeittunnel nachdenken zu müssen.

„Das zu erklären, fällt mir nicht leicht. Die Römer halten unser Heimatland besetzt. Es gelang mir, heimlich einen Aufstand der germanischen Fürsten zu organisieren. Vereint werden die germanischen Stämme den römischen Feind vertreiben können. Doch vor der entscheidenden Schlacht gegen die römischen Truppen, die unter dem Befehl des Feldherrn Publius Quinctilius Varus stehen, suchte ich die Hilfe der alten germanischen Götter. Zu dem Zweck reiste ich zu den heiligen Felsen. Dort befindet sich eine Grotte, in der eine germanische Seherin lebt."

„Sprichst du von den Externsteinen, die schon seit Urzeiten für rituelle Handlungen genutzt werden?", unterbricht ihn Melina.

„Selbstverständlich, sie sind uns heilig. Wollt Ihr nun meine Geschichte hören?"

„Natürlich, ich bin ja schon still", entschuldigt sie sich bei dem Hund, der sie ungehalten ansieht.

„Die Seherin, die dort lebt, sollte Wotan mit Geschenken gnädig stimmen und um seine Unterstützung während der Schlacht bitten, auf dass wir Germanien endgültig von den tyrannischen Römern befreien. Nachdem die Seherin die allwissenden Runen befragt hatte, übergab sie mir diese magische Kette, die die Tore zu den Tunneln durch Zeit und Raum öffnet. Dadurch sollte es mir möglich sein, die Schlacht siegreich zu beenden."

Erst jetzt fällt Melina das Halsband in seinem struppigen Fell auf. Es handelt sich um ein Lederband mit roten und grünen Steinen, die in geometrischen Figuren auf dem Leder angeordnet sind. So eine ausgefallene Arbeit hat sie nie zuvor gesehen.

„Natürlich ist die Erde hier im Ruhrgebiet von Tunneln durchzogen," unterbricht Melina seine Erzählung erneut, „aber diese dienten zum Abbau von Kohle und Erzen und führen ganz sicher nicht durch die Zeit. Es erklärt also noch immer nicht, warum du in meinem Keller gelandet bist."

Das alles kann nur ein schlechter Traum sein, denkt Melina erneut.

„So wartet doch ab, Ihr werdet es noch verstehen. Mit dem magischen Halsband öffnete ich in der Grotte der Seherin ein verstecktes Tor zu den Tunneln der Zeit. Genau wie es die Seherin beschrieben hatte, betrat ich daraufhin einen dahinter liegenden dunklen Gang. Durch den Zauber der Kette schloss sich das Tor und ich musste einen anderen Ausgang aus der Dunkelheit finden. Doch dann verirrte ich mich in den endlosen Gängen der Vergangenheit und öffnete schließlich eines der

Tore. Dahinter lag ein römisches Dampfbad, in welchem einige zweifelhafte römische Senatoren die Ermordung des Julius Cäsar planten."

„Das müssen die Verschwörer um Brutus gewesen sein", überlegt Melina. „Das ist ein Teil der römischen Geschichte, war aber noch vor deiner Zeit. Doch wie bist du denen entkommen?"

Langsam macht ihr seine ungewöhnliche Geschichte richtig Spaß und sie ermuntert ihn, mehr über seine angebliche Zeitreise zu erzählen. Arminius lässt sich nicht lange bitten und schon geht seine fantastische Erzählung weiter.

„Ich versteckte mich hinter einer der vielen Säulen, um am Abend nach dem Zugang zu den Zeittunneln zu suchen. Flucht war die einzige Möglichkeit, mein Leben zu retten. Des Weiteren war meine Anwesenheit dringend in der Schlacht gegen das römische Imperium erforderlich."

„Aber das Dampfbad befand sich in Rom und die Varus-Schlacht fand im Teutoburger Wald des alten Germaniens statt. Wie konntest du von Italien nach Deutschland gelangen? Das ist doch eigentlich unmöglich. Zu der Zeit muss eine solche Reise sicher Wochen gedauert haben."

„In den Tunneln verändern sich Zeit und Raum. Es war meine besondere Herausforderung, den entsprechenden Ausgang zu finden."

Das wird immer unwahrscheinlicher, es muss ganz sicher ein Traum oder ein plötzlicher Fieberwahn sein, denkt Melina.

„Wie ging es dann weiter?", fragt sie mittlerweile fasziniert von der Erzählung ihres merkwürdigen Gastes.

„Um Mitternacht öffnete sich das Tor, durch welches ich das Dampfbad am Tage betreten hatte und ich befand mich erneut in den dunklen Gängen, um nach dem richtigen Ausgang bei den heiligen Felsen zu suchen. Doch hinter jeder Tür, die ich danach öffnete, fand eine andere blutige Schlacht statt."

„Ja, unsere Geschichtsbücher sind voll von Schlachten und Kriegen. Du musst aber sehr weit in die falsche Richtung gereist sein, denn wir sind jetzt im einundzwanzigsten Jahrhundert, zweitausend Jahre nach der Schlacht im Teutoburger Wald", stellt Melina klar, als Arminius einmal kurz Luft holt.

„Das ist völlig unmöglich. Ihr müsst Euch irren! Niemals bin ich so weit vom Weg abgekommen." Arminius sieht sie schockiert an.

„Aber so ist es! Jetzt stellt sich nur noch die Frage, wieso du in der Gestalt eines Hundes vor mir sitzt" Melina will auch dieses letzte Rätsel gelöst wissen.

„Während meiner Reise durch die Zeittunnel öffnete ich eine kleine Holztür und stand unerwartet dem Tier gegenüber, welches mich ansprang, als ich das Tor schließen wollte. Durch einen bösen Zauber wurden unsere Körper in diesem Augenblick vertauscht. Im Verlauf unserer Suche nach einem Ausgang aus der Dunkelheit der Tunnel wurden wir unglücklicherweise getrennt. Mein vordringliches Anliegen ist es nun, die mir eigene Gestalt wiederzufinden.“

Arminius seufzt traurig auf, auch seine anfängliche Überheblichkeit hat er während seiner langen Erzählung völlig verloren.

Melina ist von seinen anschaulichen Schilderungen so sehr berührt, dass sie ihm gern helfen möchte. Die Geschichte klingt zwar noch immer unglaublich, doch sie ist nun bereit, sich darauf einzulassen.

„Wie soll ich dir denn überhaupt helfen?“, fragt sie. „Ich kenne mich in den Zeittunneln gar nicht aus. Bisher wusste ich nicht einmal, dass in meinem Keller ein solcher Tunnel endet.“

„Um die Tore zu den Tunneln der Zeit öffnen zu können, benötigt man ein solches magisches Band der Götter. Es ist ein besonderer Zauber, welcher allein die Türen öffnen kann. Die heiligen Steine darauf bestimmen, ob man in die Vergangenheit oder die Zukunft reist. Doch mit diesen dicken Hundepfoten war es mir nicht möglich, die richtigen Steine zu berühren. Meine Reise führte mich immer weiter in die Zukunft. Ihr müsst mir unbedingt helfen, in meine eigene Zeit zu gelangen.“

„Moment, wie soll ich dann später in meine Zeit zurückkommen?"

Auf keinen Fall will Melina im alten Germanien bleiben, ohne tägliche Dusche und Badewanne, elektrisches Licht, Handy oder Computer. Auch wenn sie die Geschichte der Menschheit faszinierend findet, will sie doch den Luxus der heutigen Zeit nicht missen.

„Darüber werden die Götter zu gegebener Zeit entscheiden. Ich könnte Euch, zum Beweis meiner großen Dankbarkeit, mein magisches Band übergeben, sobald wir in meiner Zeit angekommen sind. Dann könnt auch Ihr zurückkehren. Um Mitternacht werden wir Eure Zeit durch das Tor in den unterirdischen Gewölben dieses Hauses verlassen."

Melina erkennt, dass sich ihr die einmalige Möglichkeit bietet, durch die Zeit zu reisen und Teile der Vergangenheit selbst zu erleben. Eine Gelegenheit wie diese wird sie nie wieder bekommen. Nach einem kurzen Abwägen ist sie bereit, Arminius auf seiner Reise zu begleiten.

„Halt, nicht so schnell. So eine Zeitreise muss gut geplant werden. Wir werden einiges mitnehmen müssen", fällt ihr ein.

Melina denkt nach, was sie benötigen. Das Gepäck darf nicht zu schwer werden oder auf der Reise hinderlich sein. Darum packt sie einen Rucksack mit dem Wichtigsten und etwas Proviant für sich und den Hund. Als letztes legt sie noch ein dickes Geschichtsbuch dazu, denn ihren Computer wird sie in der Vergangenheit natürlich nicht nutzen können. Arminius beobachtet sie kritisch und Melina erklärt ihm, wozu sie die Sachen einpackt.

„Du hast gesagt, in den Tunneln ist es finster, also brauchen wir Licht. Deshalb nehmen wir diese Taschenlampe mit. Um nicht plötzlich doch im Dunklen zu stehen, packe ich noch Ersatzbatterien ein. Vielleicht müssen wir jemandem eine Botschaft schicken, dafür brauchen wir Papier. Mit dem dicken Filzstift können wir die Türen markieren, damit wir wissen, wo wir schon waren. Und das Geschichtsbuch gibt uns Auskunft, in welcher Zeit wir gelandet sind. So sollten wir den Weg zurück in deine Zeit finden."

Arminius nickt beeindruckt, aber auch etwas verwirrt. Er hat keine Ahnung, was eine Taschenlampe ist oder ein Filzstift, wozu man Ersatzbatterien braucht und wem sie jemals eine Nachricht schicken müssen.

„Das hört sich nach einem trefflichen Plan an. Ja, eine gute Planung ist Grundlage jeder erfolgreichen Schlacht. Um Mitternacht werden wir uns auf die Reise begeben."

Er sieht jetzt sehr zufrieden aus.

„Vorher musst du mir noch mehr über diese Zeittunnel erzählen", meint Melina und fragt: „Wie finden wir die Zugänge und wie können wir die Tunnel wieder verlassen? Wo führen die Tunnel hin und wer hat sie gebaut? Ich will alles darüber wissen."

„Die Tunnel der Zeit wurden von den Göttern erschaffen, um sich ungesehen unter die Menschen begeben zu können. Nur um Mitternacht können die Tore mit diesen magischen Steinen geöffnet werden. Verlassen kann man die Tunnel jedoch jederzeit, wenn man im Besitz dieser Steine ist."

„Wo befinden sich denn diese Tore?", will Melina wissen.

„Die Götter haben sie an ihren heiligen Stätten errichtet. Überall, wo den Göttern gehuldigt wird, kann man daher einen Zugang zu den Tunneln finden."

„Aber hier in meinem Haus ist doch keine heilige Stätte!"

„Oh doch. Hier wird seit ewigen Zeiten der Waldnymphen gedacht. Sicher bringt Ihr ihnen regelmäßig Opfer dar?"

„Nein, leider nicht. Ich wusste nicht, dass mein Haus an einem so heiligen Ort steht. Ich erinnere mich allerdings, dass meine Großmutter freitags oft eine Kerze für eine alte Göttin namens Frija angezündet hat."

Melina ist so fasziniert von der Geschichte, die ihr der Hund voller Überzeugung erzählt, dass sie gar nicht merkt, wie schnell die Zeit vergeht.

Als sie auf die Uhr sieht, ist es bereits kurz vor Mitternacht.

„Nun werden wir zu unserer Reise aufbrechen. Dazu möchte ich Euch bitten, auf alle magischen grünen Steine meines Halsbandes zu drücken, auf dass uns die Wege zurück in die Vergangenheit führen. Aber gebt Acht, denn wenn Ihr die roten Steine berührt, geht unsere Reise noch weiter in die Zukunft."

Konzentriert berührt Melina alle grünen Steine des Lederbandes und dann geht es los.

In den Zeittunneln

In robusten Jeans, bequemen Turnschuhen, einer dicken Strickjacke und mit dem gepackten Rucksack glaubt Melina gut ausgerüstet zu sein.

Mit klopfendem Herzen betritt sie an der Seite von Arminius den Keller ihres Hauses. An der Kellerwand entdeckt Melina eine unscheinbare Tür, die sie vorher noch nie beachtet hat. Diese Tür berührt Arminius mit seinem magischen Halsband und schon öffnet sie sich langsam und völlig geräuschlos.

Nacheinander betreten die beiden den Tunnel, der sich vor ihnen auftut. Als sich die Tür schließt, ist es wie erwartet stockdunkel. Melina schaltet die Taschenlampe ein und sieht sich neugierig um. Der geheimnisvolle Tunnel scheint in den Felsen geschlagen worden zu sein und erinnert Melina an die Tunnel, die sie oft in den ehemaligen Kohlebergwerken besichtigt hat. Er ist eng, doch hoch genug, um ihn aufrecht zu betreten. Von der Decke hängen lange Spinnweben, der lange, schmale Gang verliert sich irgendwo in der Schwärze. Es gibt nur diesen einen Weg. Bevor sie aufbrechen, schreibt Melina noch schnell das aktuelle Datum und ihre Anschrift auf die Tür, durch die sie gerade gekommen sind.

Dann folgen sie dem Gang immer gerade aus. Melina ist froh, dass das Licht ihrer Taschenlampe zumindest einen kleinen Teil des Ganges ausleuchtet. Das helle Licht der Lampe fasziniert Arminius und sein Blick wechselt immer wieder zwischen der Lampe und dem vor ihnen liegenden Weg durch die Dunkelheit.

Irgendwann gelangen sie an eine Kreuzung. Hier trifft der Gang auf einen aus roten Ziegeln gemauerten Tunnel.

„Wo geht es nun entlang?", fragt Melina ihren Begleiter.

„Ich bin verwirrt. Mir scheint, ich war nie zuvor hier." Arminius schnüffelt noch ein wenig an den Ecken, aber er kann scheinbar keine Geruchsspur finden.

„Also gut, wenn wir immer nur in eine Richtung abbiegen, finden wir irgendwann hierher zurück." In ihrer Aufregung kann Melina es kaum erwarten weiterzugehen.

„Ihr irrt, verehrte Melina. Zeit und Raum sind ständig in Bewegung, darum verändern sich auch die Tunnel, nur die Tore bleiben bis in alle Ewigkeit bestehen."

„Das ist ja wie in einem Labyrinth! Wie soll ich so später in meine Zeit zurückfinden? Ich muss nach diesem Abenteuer unbedingt in mein eigenes Leben zurück. Meine Schüler erwarten mich schließlich am Montagmorgen zum Unterricht."

Erst jetzt wird sich Melina der Probleme bewusst. Hätte sie sich besser vorbereiten müssen? War es ein Fehler, nicht über die möglichen Gefahren einer solchen Reise nachzudenken?

„Das wird sich zeigen. Die Götter werden uns helfen. Doch Euer Vorschlag ist wohl durchdacht, wir sollten eine Richtung wählen. Also wenden wir uns nach rechts und Ihr kennzeichnet diese Ecke mit Eurem Stift." Arminius wedelt aufgeregt mit dem Schwanz und drängt zur Eile.

Melina markiert die Ecke und malt einen Pfeil in die Richtung, aus der sie gekommen sind. Sie kann nur hoffen, mit diesen Hinweisen später den Rückweg zu ihrer Wohnung zu finden.

Wieder liegt vor ihnen ein langer dunkler Gang, doch diesmal befinden sich vier Türen auf jeder Seite. Jede sieht anders aus. Eine wirkt wie eine hölzerne Kellertür, eine andere ist so groß wie ein Scheunentor, eine ist kleiner und grün lackiert. Die letzte hat einen schweren dunklen Eisenriegel.

„Sollen wir eine dieser Türen öffnen?", fragt Melina ihren Begleiter.

„Ich bin nicht sicher, denn meine bisherige Reise führte mich weit in die Zukunft. Wir müssen also zurück in eine ferne Vergangenheit."

„Wann hast du eigentlich deine Gestalt verloren und wie können wir die finden? Die nächste Frage wäre dann, wie jeder von euch in seine ursprüngliche Gestalt schlüpfen kann."

„Zuerst muss mein verschwundener Körper gefunden werden! Er wird irgendwo in diesen Tunneln sein, denn die Tore kann nur das magische Halsband öffnen. Der Hund ist sicher nicht im Besitz eines solchen Bandes. Mit der Hilfe der Götter treffen wir ihn auf unserem Weg durch die Zeit. Ach ich wünschte, wir hätten ihn bereits gefunden."

„Arminius, sollen wir nicht doch eine dieser Türen öffnen, um zu sehen, in welcher Zeit wir uns befinden?"

Plötzlich ist sich Melina unsicher, ob Arminius die Wahrheit gesagt hat. Wie konnte sie nur einem sprechenden Hund glauben? Was, wenn sie diese dunklen Tunnel nie mehr verlassen können? Mit einem Mal überfällt sie Panik, sie meint ersticken zu müssen und will unbedingt an die frische Luft.

„Einen Versuch ist es wert, doch denkt immer daran, die Vergangenheit nicht zu verändern. Welches Tor möchtet Ihr öffnen?"

„Ist es egal, auf welcher Seite des Ganges wir eine Tür öffnen?"

„Die Frage ist unwichtig, denn Zeit ist nicht in gut und schlecht geteilt. Also ist es Eure Entscheidung. Das Tor darf sich nur nicht hinter uns schließen, denn erst um Mitternacht kann es wieder geöffnet werden.", schon hat sich Arminius vor ein Tor gestellt. „Diese Tür mit dem schweren Riegel soll unser Ausgang sein", tippt er mit dem Halsband dagegen. Der Riegel schiebt sich wie von Geisterhand zur Seite.

Gespannt blicken die beiden durch die geöffnete Tür, die von Melina festgehalten wird, damit sie nicht zufallen kann.

Anscheinend hat das Tor eine Höhle verschlossen. Vor ihnen liegt ein Wald im Sonnenlicht. Soweit man sehen kann stehen hohe dunkle Tannen, nirgends ist ein Weg zu erkennen.

„Zumindest regnet es nicht. Aber es erscheint mir unmöglich, herauszufinden in welcher Zeit wir nun sind. Lasst uns eine andere Tür öffnen", entscheidet Arminius, der bereits seine Erfahrung in den Tunneln gemacht hat. „Wir versuchen besser jemanden zu finden, der uns Auskunft geben kann. Hoffentlich befindet sich hinter der nächsten Tür nicht wieder eine dieser grausamen Schlachten. Wohl an, verehrte Melina, gehen wir."

Sobald Arminius zurück in den Tunnel tritt, schließt sich die Tür.

„**W**o ist dieser germanische Verräter? Bringt mir seinen Kopf, nein, bringt ihn mir ganz, damit ich ihn vierteilen kann. Wo ist dieser Arminius, warum hat ihn noch keiner der Späher gefunden?", tobt der Feldherr.

Lucius, der Schreiber, kniet in eine dünne Decke gehüllt, in unterwürfiger Haltung vor Quinctilius Varus, dem römischen Feldherrn und Senator, der noch immer mit hochrotem Kopf über die Flucht des Arminius lamentiert. Dabei hat er seinen fellgefütterten Umhang eng um den massigen Körper gezogen, denn es ist feucht und kalt in seinem Zelt. Daran kann auch die Feuerschale in der Zeltmitte nichts ändern.

Der Boden ist mit Teppichen bedeckt, die das Zelt wohnlicher machen und den schlammigen Boden bedecken sollen, aber wärmer wird es dadurch nicht.

Doch der römische Senator hat im Moment ganz andere Sorgen. Seit ein paar Tagen ist Arminius, einer seiner Feldherren, spurlos verschwunden. Einst kam dieser als Geisel aus Germanien nach Rom und wurde dort zu einem schlagkräftigen Soldaten ausgebildet. Er erwarb sich die Anerkennung Roms, weil er tapfer gegen die Feinde des Imperiums kämpfte.

Dieser Mann hat nun die zerstrittenen germanischen Fürsten vereint und zum Kampf gegen Rom um sich versammelt. Immer wieder greifen kleine Gruppen der Germanen die römischen Truppen an.

Die ganze aufgestaute Wut liegt in den Worten des Quinctilius Varus: „Seine Bildung und Erziehung hat dieser Unwürdige der Güte des römischen Imperiums zu verdanken. Wie dankt er das seinem Kaiser? Indem er mit den wilden Horden unsere Legionen angreift. Wie konnte er unbemerkt das Lager verlassen? Wo waren diese unfähigen Wachen während der Nacht? Wieso unterstützt dieser Verräter überhaupt die germanischen Wilden? Wer ihn mir bringt, wird reich belohnt werden! Ich will ihn haben!"

Lucius ist ganz seiner Meinung. Wie kann sich ein gebildeter Mensch auf die Seite dieser Wilden gegen Rom stellen? Wofür kämpfen diese Horden, die ohne eine militärische Ausbildung immer wieder aus dem Hinterhalt über einzelne römische Lager und vor allem die Truppen mit dem Nachschub herfallen. Sie kommen aus dem undurchdringlichen Dickicht und stürmen mit ihren primitiven Waffen furchtlos auf die gut ausgebildeten römischen Legionäre zu. Dazu brüllen sie, dass jeder normale Mensch Angst bekommt. Erst letzte Woche haben sie wieder eine Versorgungskolonne überfallen und ausgeraubt.

Die Stimmung in den Truppen ist schlecht und der fehlende Nachschub an Nahrung drückt die Stimmung noch mehr. In diesem feuchten kalten Land wächst nicht einmal Wein. Die Germanen brauen aus vergorenem Getreide ein Gebräu, das sie „Birra" nennen und das die römischen Geschmacksnerven beleidigt.

Auch sonst ist die germanische Küche recht einfach. Es gibt nur einen Getreidebrei, der mit Honig oder Kräutern versetzt wird. Kein Vergleich mit der römischen Küche, die alle Römer, ob einfacher Soldat oder Truppenführer, sehr vermissen. Badehäuser oder Thermen sucht man im Land der Germanen ebenfalls vergeblich.

Dazu die Kälte und die ewige Feuchtigkeit. Seit Wochen regnet es und das Lager hat sich in eine Schlammgrube verwandelt. Die Sonne ist hinter den dicken grauen Wolken verschwunden und nur ein trübes Dämmerlicht dringt durch die hohen Bäume. Seit Arminius aus dem Lager geflohen ist, sind die Späher auf der Suche nach ihm. Bisher haben sie keine einzige richtige Stadt gefunden. Nur vereinzelt stehen ärmliche Holzhütten mit Strohdächern auf den Lichtungen der unendlichen Wälder. Wie kann man so leben?

Nein, dies ist kein Land, für das es sich zu kämpfen lohnt, ist sich Lucius sicher.

„Geh' und hol' die Späher. Ich will wissen, wo sich Arminius versteckt hält", schreckt der Feldherr den Schreiber aus seinen Gedanken.

In gebückter Haltung bewegt er sich rückwärts aus dem Zelt in den Regen.

Er wird die Späher suchen und zu Quinctilius Varus bringen.

Einige Tage später. Im Lager der römischen Truppen, irgendwo in den endlosen Wäldern Germaniens, sind die Legionäre dabei, Teile des Lagers neu zu errichten.

Wieder kniet Lucius im Zelt des Feldherrn Quinctilius Varus und schreibt dessen Bericht an Rom nieder.

„Am Morgen wurde das Lager erneut durch feindliche Horden angegriffen und zum Teil zerstört. Bei dem Angriff gingen auch die am Vortag erhaltenen Vorräte verloren. Die glorreiche römische Armee verlor zwölf tapfere Legionäre. Mindestens zwanzig weitere wurden verwundet. Der Feldheiler behandelt ihre Wunden."

Lucius erinnert sich mit Schaudern an die schrecklichen Geräusche der letzten Nacht. Die Germanen schlugen mit Stöcken gegen die Bäume und stießen dabei immer wieder ein schauriges Geheul aus. Keiner im Lager bekam Schlaf in dieser Nacht und bei Tagesanbruch brachen die wilden germanischen Horden in Tierfelle gehüllt und mit grässlichen Masken vor den Gesichtern aus dem dichten Unterholz. Sie stürzten auf die Legionäre zu und schlugen mit hölzernen Keulen auf sie ein. Bei dem Kampf wurde ein Teil der Unterkünfte zerstört und die wenigen verbliebenen Lebensmittel gestohlen. Auch die am Vortag gelieferten Vorräte wurden von den Angreifern entdeckt und blitzschnell in den Wald gebracht, wo schon andere diebische Feinde warteten. Viele tapfere römische Männer blieben verletzt im Lager zurück, als die angreifenden Germanen ganz plötzlich zurück in ihre Wälder flüchteten. Die römischen Soldaten hüteten sich, allein die Verfolgung der Diebe aufzunehmen, denn das fehlende Tageslicht machte eine Spurensuche unmöglich.

Die von Quinctilius Varus ausgesandten Späher fanden nur wenige Hinweise auf die Angreifer.

„Haben die Spione den Aufenthaltsort von Arminius erfahren können? Wo steckt dieser Verräter? Warum kann ihn niemand finden?"

Quinctilius Varus schickt Lucius erneut ins Lager, um seine Späher zu rufen.

„Oh edler Varus, wir konnten der Spur des Arminius bis zu einer Felsformation mit einer Höhle folgen. Dort lebt eine Alte, die die Germanen als Seherin verehren. Sie weigerte sich, uns zu sagen, wohin Arminius verschwunden ist. Bei dem

Versuch, sie als Gefangene in unser Lager zu bringen, kam sie unglücklicherweise ums Leben", berichtet ein verängstigter Späher dem wütenden Feldherrn.

„Ihr unfähigen Trottel! Jetzt werden wir den germanischen Verräter nie finden. Geht zurück zu dieser Höhle und seht nach, ob es dort einen weiteren Ausgang gibt. Kommt nicht ohne einen Hinweis zurück! Mein Schreiber Lucius wird euch diesmal begleiten."

Lucius wird kreidebleich und als er sich in gebückter Haltung rückwärts aus dem Zelt schiebt, schlottern ihm vor Angst die Knie.

Lucius steht noch immer vor dem dunklen Höhleneingang in den hoch aufragenden Felsen. Die Späher haben bereits mit der Untersuchung der Höhle begonnen.

Er weiß genau, was sie von ihm denken. Sie halten ihn für einen Schwächling, einen Feigling, der nicht wie sie Legionär geworden ist, sondern als Schreiber fernab der Schlachten in seinem Zelt sitzt.

Doch sie irren sich. Solange er zurückdenken kann wurde er von einem Hauslehrer auf seine Zukunft als Händler - wie bereits sein Vater - vorbereitet. Der einzige Spielkamerad in der Zeit, war ein germanischer Sklave namens Ludovic, der ihm auch die germanische Sprache beibrachte. Doch zum

Spielen blieb ihm nur selten Zeit, denn er sollte möglichst viel über den Handel lernen. Dazu musste er täglich stundenlang lesen, schreiben und rechnen üben.

Lucius hatte wenig Interesse am Handel. Viel lieber wollte er in die fernen Länder reisen, aus denen die Waren kamen, die sein Vater verkaufte.

So meldete er sich eines Tages zur Legion, die immer gut ausgebildete Männer suchte.

Doch nicht in eines der farbenprächtigen, warmen Länder am Mittelmeer ging sein erster Einsatz, sondern in das kalte, nasse Land im Norden. Wie oft hatte er sich schon zurück in das Handelskontor seines Vaters gesehnt.

„Kommst du endlich? Wir wollen hier nicht übernachten", tönt es aus der Höhle. Lucius holt noch einmal tief Luft und berührt sein Armband, das ihm die Mutter zum Abschied gegeben hat. Es ist ein ganz besonderes Armband, besetzt mit roten und grünen Steinen, die in geometrischen Mustern angeordnet sind. Ganz fest drückt er auf die roten Steine, die ihn an seine Mutter in Rom erinnern. Dann betritt er zögernd die stockdunkle Höhle.

Langsam tastet er sich an der glatten Höhlenwand entlang. Die Späher haben ihm keine Fackel gelassen und ein Lichtschein, an dem er sich orientieren kann, ist auch nicht zu erkennen. Die Luft ist von kaltem Rauch erfüllt, der ihm im Hals brennt und die Augen tränen lässt. Noch immer tastet er sich an der steinernen Wand entlang. Von den Spähern ist kein Laut zu hören. Er hat das Gefühl, ganz allein in der Höhle zu sein.

Plötzlich gibt die Wand, an der er sich entlangtastet, nach und er stolpert in einen Gang. Verängstigt spürt er, wie sich hinter ihm eine Türe schließt. Er ist gefangen!

Panisch tastet er die Wände zu beiden Seiten ab. Seine Hände fahren bis hoch zur Decke und dann hinunter auf den Boden. Dabei findet er einen Gegenstand, der sich länglich und rund wie ein Rohr anfühlt. Er ist kalt und etwa so lang wie seine Handfläche.

Lucius hat keine Ahnung, um was es sich handelt und betastet das Ding weiter, bis plötzlich ein blendendes Licht den Gang vor ihm erhellt. Das Ding in seiner Hand leuchtet, ohne das ein Feuer brennt. Er kann es in seiner Hand halten und damit die Wände beleuchten. Im Schein des magischen Lichts erkennt er einen langen schmalen Gang, dem er bis zu einer Kreuzung folgt. Hier ist eine Markierung, die in den rechten Gang zeigt. Irgendjemand scheint vor ihm durch diese Gänge gegangen und die Zeichen für ihn hinterlassen zu haben, denen er jetzt folgt.

Im Jahr 1625 nach Christus

Langsam bewegt sich Arminius auf die nächste Tür des Tunnels zu und tippt mit dem magischen Halsband dagegen. Die Tür öffnet sich und die beiden Reisenden sehen vor sich einen menschenleeren Platz im Sonnenuntergang.

Sie befinden sich vor einer kleinen Kapelle. In der untergehenden Sonne kann man einige kleine Tiere über den staubigen Platz huschen sehen. Es sind Ratten, die durch die Gassen laufen. Der aufkommende Wind wirbelt trockenes Laub über das offene Gelände. Die alten Fachwerkhäuser am Rande des Platzes sind grau und wirken verwahrlost. Aus einer kleinen Gasse mit holprigem Kopfsteinpflaster rumpelt ein Karren, auf dem eine seltsame Gestalt mit einem langen Schnabel hockt. Auf der Ladefläche des Karrens liegen in Leinen gewickelte längliche Pakete. Es riecht durchdringend nach abgestandenem Wasser und Schmutz. Von einem nahe gelegenen Turm läutet traurig eine Glocke.

Melinas Gehirn arbeitet auf Hochtouren, denn diese deprimierende Szene kommt ihr seltsam bekannt vor. Sie ist sich sicher, dass sie dies alles schon einmal in einem Film gesehen hat.

Arminius ist inzwischen auf den Platz gelaufen, um aus einer der dortigen Pfützen zu trinken.

„Nein, Arminius, du darfst nicht von diesem Schmutzwasser trinken. Ich weiß jetzt in welcher Zeit wir sind. Es ist die Zeit der Pest um 1625. Wir müssen schnell weg, sonst werden wir ebenfalls krank und sterben, denn gegen die Pest gibt es keine wirksame Medizin. Komm sofort zurück in den Tunnel." Streng blickt sie den Hund an. „Die Pest wird unter anderem durch Flöhe übertragen. Du hast doch nicht etwa…?"

Beleidigt trabt Arminius auf sie zu, doch es ist zu spät. Als Arminius den Tunnel verlassen hat schloss sich die Tür hinter ihm.

„Was machen wir jetzt nur? Wir müssen bis heute Nacht warten. Am besten suchen wir ein Versteck und bleiben dort bis Mitternacht." Melina blickt sich suchend nach einem sicheren Platz um.

Da steht plötzlich eine alte Frau hinter ihnen und blickt Melina beschwörend an.

„Du darfst nicht mit dem Hund sprechen, sonst halten dich die einfältigen Menschen hier für eine Hexe! Sie werden dich auf dem Scheiterhaufen verbrennen. Kein Wort mehr zu dem Tier, komm mit mir, ich werde dir helfen", drängt sie Melina, ihr zu folgen.

Da ihnen keine andere Möglichkeit bleibt, folgen die beiden der seltsamen Frau.

Sie ist in schmutzige dunkle Lumpen gehüllt und hat ein wollenes Tuch über ihre strähnigen grauen

Haare gelegt. Eilig humpelt sie durch die Gassen und kurz darauf haben sie das Stadttor passiert. Als sich Melina noch einmal umsieht, schließen sich die hölzernen Stadttore gerade.

Bald darauf haben sie ein kleines Häuschen erreicht, das Melina an das Hexenhaus aus „Hänsel und Gretel" erinnert. Melina schaut sich in der trostlosen Gegend um, in der kaum ein Strauch steht. Über allem liegt ein dunstiger Schleier, der aus dem Boden aufzusteigen scheint.

„Dort beginnt das Moor", erklärt die Alte und öffnet die unverschlossene Tür. „Achte darauf, dass dein Hund nicht dort hinein läuft, sonst könnte er für immer im Moor versinken."

Melina schaut Arminius an, der sich wie ein braver Hund neben sie auf den Boden gesetzt hat.

„Mein Hund läuft nie fort", erklärt sie und sieht ihn dabei streng an.

Arminius blinzelt, um zu zeigen, dass er die Warnung verstanden hat. Dann betreten sie die ordentliche kleine Hütte der alten Frau, in der sich nur ein Tisch mit einer Bank und ein erloschener Kamin befinden.

„Komm herein, hier bist du erst mal sicher. Mein Name ist Marie. Die Leute hier fürchten mich, denn sie halten mich für eine Hexe. Nur weil sie meine Heilkräuter brauchen, hat es noch keiner gewagt, mich in den Kerker zu werfen. Aber jetzt erzähle mir erst mal, woher du kommst. Ich habe nur selten Besuch und freue mich mit jemandem zu sprechen." Melina schaut erst die alte Frau und dann den Hund an. Was soll sie jetzt nur sagen?

„Mein Name ist Melina und ich habe bereits eine lange Reise hinter mir. Zusammen mit meinem Freund hier", dabei streichelt Melina den Hund, der sie unbehaglich mustert.

„Du solltest nicht mit einem Hund sprechen, sonst halten dich die Leute auch für eine Hexe. In diesen Zeiten ist so etwas sehr gefährlich. Du siehst so befremdlich aus. Wo trägt man solch merkwürdige Kleidung? Hast du kein eigenes Kleid?"

„Nein, ich wurde überfallen und konnte nur diese Beinkleider und unser Leben retten", erklärt Melina ihr. Die Lüge fällt ihr schwer, aber ihr wird klar, dass sie in der nächsten Zeit noch oft irgendwelche Ausreden gebrauchen wird.

Sie ärgert sich, dass sie nicht daran gedacht hat, ein Kleid anzuziehen. In früheren Zeiten trugen Frauen natürlich noch keine Hosen. Wie konnte sie das nur vergessen?

„Hast du etwas zu essen in deinem Bündel? Ich könnte uns eine schöne Suppe kochen", erkundigt sich Marie und schielt hungrig auf Melinas Rucksack.

„Ich habe noch etwas Brot, das können wir uns teilen", bietet Melina an und packt den mitgebrachten Laib Brot aus.

Hungrig macht sich Marie darüber her. Man merkt ihr an, dass sie schon eine längere Zeit nichts gegessen hat. Melina und Arminius sind nicht hungrig und überlassen ihr großzügig ihren Anteil.

„Du kannst mit dem Hund hier am Kamin schlafen und morgen besorge ich dir ein Kleid", verspricht Marie, die nach der Mahlzeit müde und zufrieden aussieht.

„Das wird nicht nötig sein, denn wir werden noch heute zurück in die Stadt gehen. Wir müssen unsere Reise unbedingt fortsetzen."

„Das ist unmöglich, denn die Stadttore bleiben während der Nacht geschlossen. Sie werden erst morgen bei Sonnenaufgang wieder geöffnet", erklärt Marie.

Melina erinnert sich, wie sich die Tore hinter ihnen geschlossen haben. Sie kommen also in dieser Nacht nicht zurück in die kleine Kapelle, um das Tor zum Zeittunnel zu öffnen. Bis zur nächsten Nacht werden sie bleiben müssen.

So macht sich Melina auf dem Fußboden aus ihrem Rucksack und ihrer Jacke einen Schlafplatz. Arminius streckt sich neben ihr aus, während sich Marie auf der Bank vor dem Kamin mit ihren Lumpen zudeckt. Bald darauf sind sie eingeschlafen.

Am nächsten Morgen teilen sich Melina und Marie den Rest des Brotes, während Arminius einige Hundekekse aus dem Rucksack zugesteckt bekommt.

Ganz in Gedanken versunken sitzt Marie am Tisch, auf dem sich jetzt zwei leere Holzschalen und zwei Becher mit Wasser befinden.

Völlig unerwartet beginnt sie zu erzählen: „In einem anderen Leben lebte ich in einem Kloster, das weit entfernt an einem großen Fluss, dem Rhein, liegt. An viel kann ich mich nicht erinnern. Als junges Mädchen wurde ich ins Kloster brachte, denn ich hatte meine Sprache verloren. Im Kloster gaben mir die Nonnen Unterricht und ich lernte zu sprechen. Später studierte ich die Heilkräfte der Kräuter im Klostergarten. Das Kloster war bekannt für die Heilkünste der Nonnen und schon bald kamen immer mehr Kranke, um dort Heilung zu finden. Vielen Kranken konnte geholfen werden. Eines Tages fand man einen jungen Mann im Klostergarten, den niemand kannte. Er hatte schlimme Brandwunden an den Armen und auf dem Rücken, wie ich sie nie zuvor sah. Woher er diese schmerzhaften Wunden hatte, konnte er nicht sagen. Ich pflegte den Mann, der sich Lucius nannte, doch es dauerte lange, bis er wieder zu Kräften kam. Als er endlich gesund und stark genug war, bat er mich, mit ihm das Kloster zu verlassen. Ich versprach, mit ihm zu gehen und so reisten wir zusammen nach Köln. Doch dort konnten wir nicht bleiben, denn schon bald begannen die Leute über uns zu reden. Darum zogen wir weiter, um einen ruhigen Ort zum Leben zu finden. Wir fanden ihn schließlich hier in Worringen und führten ein friedliches Leben. Lucius war sehr gebildet und wurde von allen als Dorfvorsteher anerkannt. Doch dann erkrankten viele Dorfbewohner an einem quälenden Husten. Auch mich verschonte die Krankheit nicht. Bald war ich ganz geschwächt und der Husten wurde immer schlimmer. Keines meiner Heilkräuter konnte helfen. Eines Tages verließ mich Lucius mit den Worten, er würde für meine Heilung sorgen und bald zurückkehren. Wie durch ein Wunder wurde ich wieder gesund und seit der Zeit warte ich auf seine Rückkehr."

Wie einsam das Leben der alten Frau sein muss, denkt Melina. Wo der Mann nur geblieben ist? Sicher hat sie ihn sehr geliebt.

Nach dem Frühstück machen sich Marie, Melina und Arminius gemeinsam auf den Weg zurück in die Stadt. Marie behauptet, dass sie jemanden kennt, der ihr ein Kleid überlassen kann.

Melina macht sich bereits Gedanken, was sie von den Dingen im Rucksack gegen das versprochene

Kleid eintauschen kann. Viel hat sie nicht mitgenommen und so bleibt nur der Notizblock mit den Stiften, den sie für Nachrichten eingepackt hat. Papier war in früheren Zeiten sehr wertvoll und nicht jeder hatte etwas davon im Haus. Sie kann nur hoffen, dass ihr Angebot ausreichen wird.

Dann haben sie die kleine Stadt erreicht und Marie klopft an die Tür eines grauen Fachwerkhauses in einer schmutzigen kleinen Gasse. Eine ältere Frau mit einem missmutigen Gesichtsausdruck schaut aus dem schmalen Fenster über der Haustür und erst als Marie ihr ein leinenes Beutelchen mit Kräutern zeigt, ist sie bereit, die Eingangstür zu öffnen.

„Der räudige Köter und die Fremde bleiben draußen. Wer weiß, welche Krankheiten sie in sich tragen", keift die Alte, sobald sie die Tür einen Spalt geöffnet hat.

„Wir werden nicht näher kommen. Du hast mir ein Kleid deiner Tochter versprochen, als du um meine Heilkräuter gebeten hast", erinnert Marie die unfreundliche Frau höflich an ihr Versprechen.

„Dazu gebe ich Euch dieses Papier. Das könnt Ihr dem Herrn Pfarrer geben, damit er seine Bibelsprüche darauf schreiben kann", setzt Melina hinzu.

„Woher willst du echtes Papier haben? Das ist doch viel zu wertvoll. Schreiben kannst du sicher genauso wenig, wie die meisten von uns", keift die Frau weiter.

Melina hält ihr wortlos den Notizblock entgegen und blitzschnell lässt sie ihn in ihrer Schürze verschwinden. Mit einer schnellen Bewegung schleudert sie ein Bündel auf die Straße und wirft dann blitzschnell die Tür zu.

„Verschwindet, ihr Bettlerpack! Mit euch will ich nichts zu schaffen haben. Wenn euch der Herr Pfarrer sieht, wird er die Büttel rufen."

„Eine ziemlich unhöfliche Frau, aber immerhin habe ich jetzt etwas Zeitgemäßes anzuziehen. Doch vorher muss ich dieses Kleid unbedingt waschen. Allein bei dem Gedanken an den schmutzigen Stoff beginnt meine Haut zu jucken", raunt Melina Arminius zu. Marie hat es anscheinend dennoch gehört, denn sie erklärt Melina, dass sich der Waschplatz am Fluss vor den Stadttoren befindet.

„Ich werde einige Kräuter für die Kranken sammeln. Währenddessen kannst du das Kleid waschen. Ich treffe euch vor Sonnenuntergang am Dorfplatz", damit dreht sich Marie um und humpelt davon.

Gemeinsam machen sich Arminius und Melina auf den Weg zum Waschplatz.

Als sie dort ankommen, sind nur drei junge Mädchen bei der Arbeit.

Arminius hat Melina erklärt, dass er sich auf die Kaninchenjagd begeben will, weil er noch immer Hunger hat. Doch vorher wird er abseits der Wäscherinnen ein Bad im Fluss nehmen.

Melina wäscht ihr Kleid gründlich aus, mistrausch beobachtet von den anderen Mädchen. Anschließend legt sie das Kleid zum Trocknen auf die Wiese, wie sie es bei den Wäscherinnen gesehen hat. Die haben den Waschplatz bereits verlassen und so kann auch Melina unbeobachtet im Fluss baden. Das Wasser ist noch nicht zu kalt und bald fühlt sie sich erfrischt. Die warmen Sonnenstrahlen trocknen ihre Haut und auch das Kleid ist fast trocken, als sie es überstreift. Es ist ihr etwas zu groß, doch als sie die Schürze umbindet, fällt das nicht mehr auf.

„Wir brauchen Proviant, wenn wir heute Nacht weiterreisen wollen. Fällt dir dazu etwas ein?", fragt Melina, als Arminius satt und zufrieden zu ihr kommt.

„Wir könnten Beeren und Pilze sammeln. Dort hinten habe ich viele gesehen", antwortet Arminius.

An einer versteckten Stelle finden sie reichlich Beeren, die sie in einem kleinen Körbchen, das Melina aus Schilf gebastelt hat, sammeln.

„Wir sollten Pilze für Marie ernten. Sie kann sich davon ihr Abendessen zubereiten", meint Arminius. Doch Melina hat keine Ahnung, welche Pilze essbar

sind und so pflückt sie lieber Holunderbeeren für
Marie.

Dann machen sie sich auf zum Dorfplatz, wo sie mit
Marie verabredet sind, von der sie sich unbedingt
noch verabschieden wollen.

Dort angekommen sehen sie, dass der alten Karren,
auf den die Pesttoten des Tages verladen werden,
auch wieder am Dorfplatz steht.

„Jeden Abend werden die Toten auf dem
Gottesacker vor der Stadt begraben. Früher sind die
Angehörigen mitgegangen, doch jetzt ist der
Totengräber allein. Keiner will ihm helfen, alle haben
Angst vor der Krankheit." Marie ist wieder hinter sie
getreten und erklärt ihnen leise, dass bereits viele
Menschen gestorben sind. „Trotz meines Wissens
über ihre Heilkräfte konnten meine Kräuter nicht
helfen. Jetzt brauchen die Lebenden meine Hilfe. Ich
muss einen Weg finden, die Menschen zu retten."

„Wir haben dir Holunderbeeren mitgebracht, aus
denen du einen Trank gegen den Husten herstellen
kannst. Aber die Pest kann auch der nicht heilen,
darum ist es besonders wichtig, dass die Kleidung
und Decken der Verstorbenen verbrannt werden",
versucht Melina der Alten zu erklären.

„Dies ist die Strafe Gottes für alle Sünder", schallt
eine Stimme über den Dorfplatz. Der Pfarrer
verkündet mit dröhnender Stimme die Namen der
heute Verstorbenen.

„Wieder sind so viele gestorben. Wie soll es nur weitergehen", murmelt Marie vor sich hin.

„Wir können euch leider nicht helfen, denn gegen diese Krankheit gibt es kein Heilmittel. Ihr könnt nur verhindern, dass noch mehr Menschen erkranken, indem ihr in den Häusern für Sauberkeit sorgt und vor allem die Ratten bekämpft. Wir werden noch heute die Stadt verlassen. Pass gut auf dich auf. Wir danken dir noch einmal für deine Hilfe", verabschiedet sich Melina von der alten Frau, die sich mit ihren Kräutern und den Holunderbeeren auf den Heimweg macht.

Die Zeit bis Mitternacht verbringen Melina und Arminius in der kleinen Kapelle, dann berührt Arminius mit dem magischen Halsband das Tor zu den Zeittunneln. Als sie sich lautlos öffnet, betreten die beiden Reisenden den dunklen Gang, der sich vor ihnen auftut. Nachdem sich die Tür geschlossen hat, schreibt Melina mit ihrem Filzstift in großen Buchstaben „PEST" und das Jahr 1625 an die Tür. Dann machen sich die beiden auf ihren langen Weg in die Vergangenheit.

***

Als Marie wieder in ihrem kleinen Häuschen am Rande des Moores angekommen ist, lässt sie sich mit einem Aufstöhnen auf die Bank fallen. Eine Kerze erhellt die Hütte und zum ersten Mal seit vielen Jahren denkt Marie wieder über ihr Leben nach.

Irgendetwas an der jungen Frau hat sie an ihre Vergangenheit erinnert.

Doch das kann nicht sein, denn sie ist dieser Frau nie vorher begegnet, ist sich Marie sicher. Sie hat schließlich das Dorf nicht verlassen, seit Lucius sie allein ließ.

Als sie jetzt an ihn denkt, beginnen ihre Augen zu glänzen.

Wie gut er früher ausgesehen hat und wie gebildet er war. Sie erinnert sich wieder daran, wie sie ihn zum ersten Mal als junges Mädchen sah, damals im Kloster.

Zwei Reisende, die sie in einer bitterkalten Nacht vor einem Rudel hungriger Wölfe gerettet hatten, brachten Marie dorthin. Noch heute überläuft sie ein eisiger Schauder, wenn sie Wolfsgeheul hört.

Sie konnte sich damals weder an ihren Namen erinnern, noch daran, woher sie kam. Die Oberin des Klosters versuchte lange, etwaige Angehörige zu finden, doch leider kannte niemand das stumme Mädchen. Ohne die Reisenden hätte es die eisige

Nacht und den Angriff der Wölfe sicher nicht überlebt.

Dankbar erinnert sich Marie nun an die Äbtissin des Klosters, die Hildegard hieß und dem Adel entstammte. Die Klostervorsteherin hatte es sich zur Aufgabe gemacht, ihr die Sprache beizubringen und sie in die Heilkunst einzuweisen.

Die junge Marie lernte schnell und war bald für die Pflege der Kranken zuständig. Eines Tages wurde ein junger Mann im Garten des Klosters gefunden, der von unzähligen Brandwunden gezeichnet war. Es dauerte lange, bis seine Wunden verheilten und sie verbrachte viele Stunden an seinem Lager, denn seine Erzählungen faszinierten sie. Der Mann konnte zum Erstaunen aller lesen und war darüber hinaus sehr wissbegierig. Immer neue Aufzeichnungen musste sie ihm an sein Lager bringen. Bald erzählte er ihr von einem fernen Land, in das er unbedingt zurück wollte. Doch dann kam alles anders.

Eines Tages fragte er sie, ob sie mit ihm das Kloster verlassen würde. Da sie ihn bereits aus tiefstem Herzen liebte, stimmte sie zu und gemeinsam verließen sie das Kloster und das Leben, das sie bisher geführt hatte.

Lucius brachte sie auf einigen Umwegen in dieses Dorf und sie lebten lange glücklich zusammen, bis sie eines Tages erkrankte. Als Lucius bald darauf verschwand, um für ihre Genesung zu beten, zwangen sie die Dorfbewohner, in das kleine Häuschen im Moor zu ziehen. Da sie nicht an dem schrecklichen Husten gestorben war, hielten die Dorfbewohner sie für eine Hexe. Die Leute verachteten sie fortan und sie lebte das Leben einer Ausgestoßenen.

Jetzt im Alter fühlt sie sich oft sehr einsam.

Sicher war das der Grund, der sie bewogen hat, entgegen ihrer Gewohnheit, die junge Frau in ihre Hütte zu bitten.

Noch immer denkt Marie drüber nach, wieso ihr diese Melina so vertraut erschienen war.

Doch dieses Rätsel wird sich nicht lösen lassen, denn die junge Frau mit dem Hund hat das Dorf bereits verlassen. Marie ist wieder allein.

■■

Anno 79 nach Christus

Lucius läuft noch immer durch die dunklen Tunnel. Bisher ist ihm niemand begegnet. Er fragt sich, wo er sich befindet und wie er einen Ausgang finden soll. Gut, dass er wenigstens das Licht gefunden hat. Der Lichtschein zeigt, dass er sich noch immer in einem Felsengang befindet. Der Gang ist so eng, dass Lucius die Seitenwände mit seinen breiten Schultern berührt. Wie gut, dass wenigstens die Decke so hoch ist, dass er aufrecht gehen kann. Vor ihm teilt sich der Gang erneut und er wendet sich wieder nach rechts.

Dann steht er plötzlich in einem Gang, in dem sich zu beiden Seiten Türen befinden. Erleichtert will Lucius eine der Türen öffnen, doch sie sind alle verschlossen. Er rüttelt an jeder, aber keine lässt sich öffnen. Verzweifelt rutscht er an der Wand hinab auf den Boden und legt seine Arme um die angewinkelten Knie. Tränen der Verzweiflung laufen ihm über das Gesicht. Er wird hier in diesen Tunneln im nassen und kalten Germanien sterben, ohne noch einmal die Sonne Roms auf seiner Haut gespürt zu haben.

Wütend schlägt er mit den ausgestreckten Armen gegen die Wände. Als er dabei eine der Türen berührt, öffnet sich diese ganz unerwartet.

Lucius springt auf und stürzt durch die geöffnete Tür ins Freie. Er ist so sehr in Eile, dass er dabei das Licht vergisst, das ihm bisher den Weg gewiesen hat. Überrascht bleibt er stehen, als er plötzlich die ungewohnt warme Sonne auf seiner Haut spürt. Geblendet schließt er die Augen. Als er sie wieder öffnet, erkennt er zu seiner übergroßen Freude, dass er sich auf einem der sieben Hügel Roms befindet. Unter sich sieht er das Forum Romanum, auf dem ein geschäftiges Treiben herrscht. Es muss ein Traum sein. Sein Traum, der ihn wieder in seine geliebte Heimat gebracht hat. Mit einem glücklichen Lächeln macht er sich auf den Weg, hinunter in die Stadt.

Doch das Rom, das er nun betritt, ist nicht mehr das Rom, das er verlassen hat. Das Haus seiner Familie wird von fremden Menschen bewohnt und im Kontor erinnert nichts mehr an seinen Vater. Auch seine Geschwister leben nicht mehr. Niemand hier erinnert sich an seinen Namen. Er ist bereits vergessen worden.

Die Christen, die ihre Zusammenkünfte bisher im Verborgenen abgehalten haben, laufen offen durch die Straßen Roms und bauen eigene Gotteshäuser. Was ist nur geschehen?

Lucius findet sich nicht mehr zurecht. In seiner Verzweiflung begibt er sich zu einem kleinen Tempel der Aurora, der Göttin der Morgenröte. An einem Altar bringt er Aurora ein Blumenopfer dar und bittet inständig um ihre Hilfe.

Die Göttin erhört ihn und schickt eine Tempeldienerin, die ihm Auskunft über sein Schicksal und auch den geheimen Zauber des magischen Armbandes gibt. Nun erfährt er auch, wie er durch die Magie des Armbandes die Tore der Zeittunnel öffnen konnte.

„Diese Tore finden sich überall, wo uns Göttern gehuldigt wird. Du darfst jedoch nie die Geschichte verändern. Das Schicksal der Menschen ist im Buch des Lebens besiegelt und nichts kann es ändern. Also hüte dich vor den Folgen, solltest du gegen die Gebote der Götter handeln."

Lucius verspricht, sich immer an diese Gebote zu halten. Jetzt versteht er endlich, wie sich sein Leben so sehr verändern konnte und dass er etwas ganz Besonderes ist.

Erleichtert beschließt er, in das Sommerhaus seiner Mutter nach Pompeji zu reisen. Vielleicht erinnert sich dort noch jemand an ihn und kann ihm sagen, was mit seiner Familie geschehen ist.

Bald hat er einen Händler gefunden, der in dieselbe Richtung reist. Allein zu reisen erscheint ihm jetzt zu gefährlich. Es hat sich so viel geändert, seit er mit der Legion ins Land der Germanen gezogen ist.

Schon am nächsten Tag sieht er die Stadt Pompeji am Fuße des Vesuvs liegen.

Doch über dem Vulkan hängen dunkle Aschewolken und dann werden glühende Steine aus dem Trichter geschleudert. Verzweifelt wendet sich Lucius um und versucht zu fliehen, doch immer mehr glühende Steine und heiße Asche fliegen durch die Luft.

Er wird von einigen glühenden Gesteinsbrocken getroffen, die sich in seine Haut brennen. Bald sind seine Arme und der Rücken von schmerzhaften Wunden bedeckt. Noch immer geht ein Regen aus Asche und brennenden Steinen auf ihn nieder. Unter unbeschreiblichen Schmerzen schleppt er sich in eine Grotte des Meeresgottes Neptun.

Mit letzter Kraft öffnet er mit dem magischen Armband eine kleine Pforte, die ihn zurück in die Tunnel der Zeit führt. Dann erschüttert ein gewaltiges Erdbeben den Boden und die Tunnelwände schwanken. Immer neue Erdstöße lassen die Tunnel erbeben. Plötzlich gibt der bebende Boden unter seinen Füßen nach und Lucius wird durch die Zeit geschleudert.

Endlich nehmen die Erschütterungen ab und er wird durch eine hölzerne Tür ins Freie geworfen. Er merkt nicht mehr, dass er in einem Kräutergarten hinter hohen Mauern ohnmächtig zusammenbricht.

Im Jahre 1521 nach Christus

Melina und Arminius betreten die Tunnel der Zeit und suchen sich ihren Weg durch die Gänge. Schon kurz darauf stehen sie wieder vor einer Holztür.

„Lass uns hier den Tunnel verlassen. Sehen wir, was sich hinter dieser Tür verbirgt", sagt Melina zu Arminius, der sie erstaunt ansieht.

„Wir sind aber noch nicht weit gekommen. Wollt Ihr die Tunnel wirklich schon verlassen?"

„Ja, denn ich brauche dringend ein heißes Bad. Ich will auf keinen Fall an der Pest erkranken."

Das sieht Arminius ein und so öffnet er mit seinem Halsband die Tür, die sie in eine alte Burg entlässt. Vor ihnen liegt eine schmale Treppe, die sie nun hinauf steigen. Zuerst wollen sie sich einen Überblick verschaffen. Doch die Treppe endet in einem engen Flur mit einigen alten Türen.

In diesem Moment öffnet sich plötzlich eine der Türen und in letzter Sekunde gelingt es Melina, sich hinter einer Säule zu verstecken. Arminius drückt sich in den Schatten, so dass der dicke Mann in der Mönchskutte, der jetzt den Flur betritt, sie nicht bemerkt.

„Ich brauche mehr Papier, Lucas", schreit der Mann in den Flur. „So eine Bibel übersetzt sich nicht von allein. Wenn ich schon auf der Wartburg festsitze, muss ich die Zeit sinnvoll nutzen. Bring mir Tinte und Papier." Dann knallt er die Tür zu und im Flur ist es wieder still.

„Arminius, ich weiß, wo wir gelandet sind. Wir sind auf der Wartburg und das muss Martin Luther sein."

„Wer ist das, ein wichtiger Senator oder Feldherr? Könnt Ihr nun sagen, in welchem Jahr wir uns befinden?"

„Ja, hier in meinem Geschichtsbuch steht es. Martin Luther war Reformator und hat die Bibel im Jahr 1521 in nur elf Wochen übersetzt." Melina hat ihr dickes Geschichtsbuch aus dem Rucksack genommen und auf eine Fensterbank gelegt, um darin zu blättern.

In dem Moment hören sie Schritte im Gang und ein anderer Mann, der einen Stapel Papier und ein Tintenfässchen in den Händen hält, betritt das Zimmer, in dem Martin Luther anscheinend an der Bibelübersetzung arbeitet.

„Zeit, hier zu verschwinden", meint Melina und steigt eine schmale Holztreppe an der Außenwand hinunter in den Burghof. Sie ist fest entschlossen, noch ein Bad zu nehmen, bevor sie um Mitternacht die Wartburg verlassen.

Im Innenhof der Burg befindet sich ein steinerner Brunnen, aus dem eine Magd gerade einen Eimer Wasser schöpft und in ein Waschhaus trägt. Im Waschhaus können sie einen brennenden Ofen erkennen, der einen wassergefüllten Bottich erhitzt, in dem die Wäscherinnen Leinentücher in Seifenlauge einweichen.

Nachdem die Magd das Waschhaus verlassen hat, bietet sich die Gelegenheit für Melina, in das Gebäude zu schleichen. Sie schließt die Eingangstür und stellt zur Sicherheit einen schweren Sack davor. Arminius liegt draußen vor der Tür und sie hat ihm eingeschärft, sofort Bescheid zu geben, falls jemand auf das Waschhaus zugeht.

Jetzt zieht sie ihr Kleid aus und steigt zu den Leinentüchern ins Seifenwasser. Sie muss sich beeilen, denn die Wäscherinnen werden sicher bald zurückkommen.

Es ist nicht mit ihrem Badezimmer zu vergleichen, aber das Wasser ist warm und bald fühlt sich Melina wieder sauber. Mit einem bedauernden Seufzen steigt sie aus dem Bottich und trocknet sich mit einem sauberen Leinentuch ab, das sie anschließend zu der anderen Wäsche in den Bottich wirft. Kurz darauf steht sie sauber und erfrischt auf dem Hof und folgt Arminius zurück in den Keller, wo sie bis Mitternacht vor der Holztür warten.

Anno 1123 nach Christus

Nur mühsam kämpft sich Lucius aus der Tiefe seiner Ohnmacht. Sein Körper schmerzt überall. Überrascht stellt er fest, dass seine Hände verbunden sind. Wo ist er nur?

Dann schiebt sich eine Gestalt in sein Gesichtsfeld. Das Gesicht mit den großen blauen Augen ist von steifen weißen Stoff umrahmt.

Darunter kommt ein dunkles Kleid zum Vorschein.

„Wo bin ich? Wer seid Ihr?", fragt er die seltsame Gestalt vor sich.

„Ihr seid im Kloster von Bingen auf der Krankenstation. Ihr wurdet schwer verletzt im Klostergarten gefunden. Euer Körper ist von unzähligen Brandwunden gezeichnet, vor allem an den Armen und auf dem Rücken. Ich habe Euch bereits mit meiner besten Heilsalbe behandelt. Sicher habt Ihr große Schmerzen. Es wird noch lange dauern, bis Eure Wunden geheilt sind und Ihr das Kloster verlassen könnt", antwortet eine leise, freundliche Stimme.

„Wer seid Ihr?", fragt Lucius erneut.

„Man nennt mich Marie. Ich lebe hier im Kloster. Wie ist Euer Name? Könnt ihr Euch erinnern, woher Ihr kommt? Dass Ihr nicht aus der Gegend seid, war an Eurer Kleidung zu erkennen."

„Mein Name ist Lucius und ich komme aus der Stadt Rom."

„Oh, Ihr kommt vom Heiligen Vater? Was für eine Ehre für unser Kloster."

„Ich weiß nicht, ich kann mich nicht erinnern, wie ich hierher kam."

„Wie habt Ihr Euch diese furchtbaren Wunden zugezogen?"

„Daran kann ich mich auch nicht erinnern", was eine Lüge ist, aber Lucius kann sein Geheimnis mit niemandem teilen.

„Ruht Euch aus. Bald wird es Euch besser gehen." Vorsichtig prüft Schwester Hildegard den Sitz der Verbände, dann verlässt sie das Krankenzimmer.

Lucius fällt in einen unruhigen Schlaf, aus dem er immer wieder hochschreckt. Albträume quälen ihn und lassen ihn nicht zur Ruhe kommen. Niemand darf je erfahren, auf welche Weise er hierhergekommen ist. Er will so schnell wie möglich fort, doch erst müssen seine Brandverletzungen behandelt werden.

Er weiß nicht, wie lange es dauern wird, bis seine Wunden verheilt sind.

Die Ruhe und die liebevolle Pflege tun Lucius gut und schon bald freut er sich auf die langen, klugen Gespräche mit Schwester Marie, die ihn oft an seinem Krankenlager aufsucht. Die lange

Heilungsphase nutzt er, um in den Aufzeichnungen des Klosters zu lesen und die deutsche Sprache der Nonnen zu erlernen. Bald spricht er ebenso flüssig wie sie.

Dann endlich kann er sein Lager verlassen und schon bald unternimmt er kleine Ausflüge in den Klostergarten. Zur Verwunderung der Klosterbewohner untersucht er dabei alle Tore.

Nach einiger Zeit fühlt er sich kräftig genug, kleinere Arbeiten und Reparaturen im Kloster zu erledigen. Dadurch will er seine Dankbarkeit beweisen und es gibt ihm die Gelegenheit, sämtliche Türen und Tore zu untersuchen. Erst nach einigen Monaten ist er sich sicher, das richtige Tor gefunden zu haben.

Fast zwei Jahre lebt er nun schon im Kloster, doch dann, eines Tages sind er und Schwester Marie einfach verschwunden.

■■

In den Tunneln der Zeit

Es ist Punkt Mitternacht auf der Wartburg. Mit seinem Halsband öffnet Arminius das Tor und Melina und er betreten die Tunnel der Zeit erneut. Wieder folgen die beiden einem Gang, der sich vor ihnen erstreckt, bis sie zu einer Kreuzung kommen. Wie vereinbart wenden sie sich nach rechts und betreten einen anderen Tunnel, der sie zu einer weiteren Kreuzung führt. Dort sehen sie sich unverhofft einer Gestalt gegenüber. Ein römischer Soldat mit Brustschild und Ledersandalen steht vor ihnen. An seinem Gesicht kann man seine Überraschung erkennen.

„Das ist MEIN Körper", ruft Arminius und springt den Römer an, um wieder in seine Gestalt zu schlüpfen. Doch es passiert nichts. Erneut versucht Arminius den Mann anzuspringen, doch der Hund in Menschengestalt dreht sich blitzschnell um und verschwindet mit einem lauten Heulen im dunklen Tunnel.

„Du musst ihn aufhalten, Arminius", ruft Melina dem erregten Arminius zu.

Der hat die Verfolgung bereits aufgenommen und jagt hinter der verängstigt jaulenden Gestalt her. Der Schall wird von den Wänden des Tunnels tausendfach zurück geworfen, so dass Melina sich die schmerzenden Ohren zuhalten muss.

Als Arminius den Römer kurz darauf gestellt hat, ruft er Melina zu sich. Dabei lässt er die Gestalt nicht aus den Augen.

„Wie kann es gelingen, diesen Zauber rückgängig zu machen", fragt er, als Melina bei den beiden ankommt. „Wir brauchen die Hilfe einer Seherin oder einer Hexe!", ist er sich sicher.

„Es gibt und gab nie Hexen. Kein Mensch kann zaubern", erklärt Melina ihm mit ihrer Lehrerstimme. „Im Mittelalter wurden viele Frauen der Hexerei beschuldigt und verbrannt. Es gab sogar Hexenprozesse, aber es waren immer nur Menschen, die dort gequält wurden."

„Und wie erklärt Ihr Euch dann unsere Verwandlung?", will Arminius gereizt wissen.

„Dafür gibt es sicher eine logische Erklärung. Wir müssen sie nur finden", versucht Melina zu beschwichtigen. „Hexen und Zauberer gibt es jedenfalls nicht!"

„Es war ein Zauber der Götter, der mich in diesen Hund verwandelte! Nur die Götter können den Zauber zurücknehmen", ist Arminius überzeugt.

„Wir könnten versuchen, eine Rückverwandlung zu erreichen, indem wir durch eine der Türen gehen", Melina ist nicht bereit über Hexen und Götter zu diskutieren.

„Wir müssen den derzeitigen Träger meiner Gestalt zum Mitgehen zwingen", stellt Arminius fest. „Wie soll uns das gelingen?"

„Ich werde ihn einfach bei der Hand nehmen", erklärt Melina und schaut den groß gewachsenen Römer zum ersten Mal genauer an.

Er ist etwa dreißig Jahre alt, ausgesprochen gut aussehend und ziemlich muskulös. Über seinem schmutzigen Waffenrock trägt er einen silbernen Brustpanzer und an seinen ebenso schmutzigen Füßen betonen römische Sandalen seine sportlichen Beine. Die braunen Haare sind kurz geschnitten, jetzt wirken sie allerdings strähnig und zerzaust. Er überragt Melina und obwohl auch sie nicht klein ist, muss sie zu ihm aufblicken.

Eigentlich ein wirklich gutaussehender Mann, stellt Melina zufrieden fest. Am meisten faszinieren sie seine ausdrucksvollen, braunen Augen, in denen man allerdings im Moment auch seine abgrundtiefe Angst erkennt.

Sie erfasst seine warme Hand und versucht ihm zu erklären, dass sie nun gemeinsam weitergehen werden. Der Mann sieht sie jedoch nur verständnislos und ängstlich an.

Als ihm Arminius von hinten in die Wade zwickt, um ihn zum Weitergehen zu animieren, heult er erneut auf.

„Lass ihn in Ruhe, er hat schon genug mitgemacht. Wir suchen eine Tür, durch die wir die Zeittunnel verlassen können. Vielleicht finden wir irgendeine Methode, die jeden von euch in seinen eigenen Körper bringt."

Melina zieht den Mann weiter durch den Gang und leuchtet dabei mit ihrer Taschenlampe die Wände ab, doch weit und breit ist keine Tür zu sehen.

Als der Weg sich erneut gabelt, stehen sie endlich in einem Gang mit Türen auf beiden Seiten.

„Wir nehmen gleich die erste Tür", bestimmt Arminius und berührt diese mit dem Halsband. Exakt in diesem Moment stolpert der Römer und stößt gegen den Hund. Es entsteht einige Verwirrung, als sich zeitgleich die Tür öffnet und so stolpern Mensch und Hund hindurch und reißen Melina mit sich. Anschließend fällt die Tür mit einem lauten Knall hinter ihnen zu.

Gemeinsam treten Lucius und die Frau durch eine kleine Tür der Kapelle auf den Kirchplatz. Es ist früher Morgen und noch sind keine Menschen unterwegs.

„Wo sind wir? Können wir hier bleiben?", fragt Marie den Mann neben sich.

„Wir müssen sehen, ob die Menschen hier freundlich sind. Aber ich glaube, hier kann man gut leben. Sieh dir nur die sauberen Häuser und Gassen an. Hier wohnen ordentliche Menschen", antwortet er ihr.

„Ja, sogar diese Kapelle haben sie gebaut. Hier leben gute Christen. Wir könnten ein Stück Land bebauen und ich biete den Kranken meine Hilfe an", schlägt Marie vor. „Lass uns hier warten, bis die Bewohner der Stadt aufgestanden sind. Dann werden wir fragen, wo wir sind und ob es die Möglichkeit gibt, hier zu leben."

Schon bald füllt sich der Platz mit Menschen, die ihrem Tagwerk nachgehen.

„Entschuldigt bitte, wir sind fremd hier. Könnt Ihr uns sagen, wie diese Stadt heißt?", fragt Lucius einen Händler, der gerade seinen Marktstand aufbaut.

„Ihr seid hier in der Stadt Köln. Eine gottesfürchtige und ehrliche Stadt, in der man sein Auskommen findet, wenn man fleißig genug ist. Wollt Ihr etwas verkaufen?"

„Nein, wir suchen eine Unterkunft und Arbeit. Ich kenne die Aufgaben in einem Handelskontor, kann schreiben und rechnen. Mein Weib kennt sich mit Heilkräutern aus."

„Wenn Ihr tatsächlich lesen, schreiben und rechnen könnt, solltet Ihr zum Handelskontor am Hafen gehen. Dort findet Ihr sicher eine Aufgabe. Geht einfach diese Gasse entlang bis zum Rhein. Ihr könnt es gar nicht verfehlen", rät der Händler.

„Habt Dank für Eure Hilfe", antwortet ihm Lucius und Marie schickt ein „Gottes Segen für Euch", hinterher.

Dann machen sich die beiden auf zum Handelskontor.

Dort treffen sie auf einen dicken Mann in einem Mantel mit Pelzkragen, der auf einer langen Liste die Waren abhakt, die gerade von einem Frachtkahn getragen werden.

„Gott zum Gruße", wendet sich Lucius an den Händler. „Habt Ihr vielleicht eine Aufgabe für jemanden, der lesen und schreiben kann? Auch das Rechnen beherrsche ich recht gut. Ich würde Euch gerne zu Diensten sein."

Der Händler mustert ihn von oben bis unten und erwidert: „Das musst du mir erst beweisen. In dieser

Kleidung wirkst du eher wie einer dieser Strauchdiebe, die den lieben langen Tag faulenzen."

Dann stellt er Lucius einige Rechenaufgaben, fragt ihn nach der Schreibweise einiger Worte und die Namen der Waren, die gerade entladen werden. Als Lucius alles zu seiner Zufriedenheit beantwortet, bestellt er ihn für den nächsten Tag in sein Kontor.

„Wo sollen wir diese Nacht schlafen? Wir haben kein Geld", macht sich Marie bemerkbar, als sie wieder unter sich sind.

„Lass das meine Sorge sein. Ich werde meine Dienste als Schreiber auf dem Markt anbieten. Damit werde ich genug Geld für einen Tag verdienen."

Lucius hat recht, denn seine Dienste werden gut bezahlt und bald hat er genügend Münzen, um in einem kleinen Gasthaus ein Zimmer für die Nacht und sogar ein Nachtmahl für sie zu bezahlen.

Am nächsten Morgen findet er sich im Kontor des Händlers Pesch ein. Dort arbeiten bereits vier andere Schreiber, die die dicken Kontobücher führen.

„Du wirst die Bestände im Lager prüfen und mit diesem Buch vergleichen. Wenn du damit fertig bist, legst du mir das Kontobuch vor. Dann werde ich entscheiden, ob du weiter für mich arbeiten kannst", bestimmt Händler Pesch.

Lucius verneigt sich und nimmt das Kontobuch entgegen. Dann macht er sich auf den Weg ins Lager, wo er von den anderen Schreibern bei seiner Arbeit argwöhnisch beobachtet wird.

Bis zum Abend hat er alle Positionen des Kontobuches überprüft und als er dem Händler das Buch aushändigt, nickt der zufrieden mit dem Kopf. Von nun an hat Lucius eine Arbeit. Mit seinem Geld können er und Marie eine günstige Unterkunft beziehen.

Auch Marie findet bald Kontakt zu ihren Nachbarinnen, die gern ihre Kräuter und Salben kaufen. Es scheint eine gute Nachbarschaft zu sein, in der sie jetzt leben.

Doch irgendwann bemerkt Marie, wie die Frauen hinter ihrem Rücken tuscheln und sich wegdrehen, wenn sie kommt. Marie kann sich nicht erklären, was diese Veränderung ausgelöst hat. Eines Abends fasst sie sich ein Herz und spricht Lucius auf das Getuschel der Nachbarn an.

„Auch ich habe gemerkt, dass sich die anderen Schreiber merkwürdig verhalten. Gleich morgen werde ich mit Händler Pesch darüber sprechen", verspricht er Marie.

Am folgenden Morgen wird er zu Händler Pesch gerufen. Mit einem unguten Gefühl im Magen wird er im Kontor des Händlers vorstellig.

„Mir ist zu Ohren gekommen, dass dein Weib Kräuter und Salben verkauft. Auch von Zaubertränken ist die Rede", empfängt ihn der Händler.

„Ja, mein Weib versteht sich auf Heilkräuter, aber Zaubertränke braut sie nicht."

„Sogar von Hexenkünsten wurde mir berichtet und dass sie des Nachts den Teufel anruft. Du sollst dabei mitgetan haben, wurde mir zugetragen. So jemanden kann ich hier nicht gebrauchen. Du bist entlassen und kannst gehen. Am besten verlasst ihr die Stadt. Hier seid ihr nicht mehr erwünscht." Händler Pesch gibt ihm noch eine Münze und damit ist Lucius entlassen.

Bedrückt macht er sich auf den Heimweg. Was soll jetzt nur werden?

„Packe unsere Sachen zusammen. Wir werden Köln verlassen", sagt er Marie, als er die Tür öffnet.

„Was ist geschehen?", will sie von Lucius wissen.

„Händler Pesch hat mir gekündigt. Er hat Gerüchte über uns gehört und diesen anscheinend geglaubt. Wir ziehen rheinabwärts. Irgendwo wird es sicher einen Ort geben, an dem wir in Frieden leben können. Pack zusammen, wir gehen fort", endet seine Rede.

Niedergeschlagen sucht Marie ihr weniges Eigentum zusammen und noch vor Mittag machen sich die beiden auf den Weg.

Das Wetter ist gut und sie kommen rasch voran. Bald haben sie einen Händler gefunden, der sie eine Strecke auf seinem Wagen mitreisen lässt.

Am Abend haben sie den kleinen Weiler Worringen erreicht und weil ihnen die wenig besiedelte Flusslandschaft zusagt, beschließen sie, hier zu bleiben.

„Wir werden nicht sagen, dass wir aus Köln kommen, sollte uns jemand fragen. So wird niemand erfahren, was dort vorgefallen ist. Wir werden ganz unauffällig leben und uns nichts zuschulden kommen lassen", beschließt Lucius.

Doch die Menschen hier sind offen und freundlich und die weite Landschaft mit ihren Feuchtwiesen und dem sich anschließenden Moor bietet viele Möglichkeiten für Marie, ihre Heilkräuter zu sammeln.

Lucius errichtet ein kleines Häuschen und weil die Menschen sein großes Wissen bewundern, wird er bereits ein Jahr später zum Dorfvorsteher ernannt.

Den Menschen geht es gut und daher beschließen sie einige Jahre später eine kleine Kirche zur Ehre Gottes zu errichten. Lucius selbst erstellt einen Bauplan und berechnet die Statik. In Gemeinschaftsarbeit wird die Kirche aufgebaut und als sie fertiggestellt ist, findet sich ein

Wanderprediger, der die neue Gemeinde gern übernimmt. Lucius erweist sich als guter Dorfvorsteher, der von allen anerkannt wird, weil er gut und gerecht handelt.

Doch dann wendet sich das Blatt! Eine Krankheit sucht den kleinen Weiler Worringen heim. Viele Menschen erkranken an einem unstillbaren Husten, der die Körper schwächt und die Erkrankten am Ende sterben lässt. Marie pflegt die vielen Kranken und versorgt sie mit ihren Heilkräutern, doch diese helfen bald nicht mehr. Dann erkrankt auch Marie! Hilflos muss Lucius mit ansehen, wie seine Frau immer schwächer wird.

In seiner Verzweiflung erinnert er sich an die Warnungen, die ihm damals die Dienerin der Aurora mit auf den Weg gab: „Du darfst jedoch die Geschichte niemals verändern. Das Schicksal der Menschen ist im Buch des Lebens besiegelt und nichts kann es ändern. Also hüte dich vor den Folgen, solltest du gegen die Wünsche der Götter handeln."

Wie hatte er das nur vergessen können! Es ist seine Schuld, dass Marie jetzt so leidet. Er muss etwas tun, um ihr zu helfen!

Lucius denkt darüber nach und am Abend ist er sicher, dass es nur eine Lösung gibt: er muss die Götter um Verzeihung bitten.

Dazu wird er in die Vergangenheit reisen und noch einmal zum Tempel der Aurora gehen, um dort Hilfe für Marie zu erflehen.

Schweren Herzens verabschiedet er sich von Marie und verspricht, bald zu ihr zurück zu kehren. Dann macht er sich auf den Weg zu einem der Zeittore in der Nähe, das er schon vor einigen Jahren gefunden hat. Marie jedoch bleibt allein in ihrem Haus zurück.

Im Jahre 1431 nach Christus

Als Melina sich noch etwas benommen umsieht, stellt sie fest, dass sie auf einer Wiese liegt. Hinter ihr befindet sich eine lange Mauer, in die die Holzpforte, durch die sie gerade gekommen sind, eingelassen ist. Kaum ist die Pforte zugefallen, sieht sie den Hund davonrennen.

„Arminius, wo willst du denn hin? Bleib hier, wir müssen unbedingt zusammen bleiben", ruft ihm Melina hinterher.

„Ich bin doch hier", hört sie seine sanfte Stimme direkt neben sich.

Verwirrt blickt sie sich um und erblickt neben sich den Römer, dessen Hand sie noch immer in ihrer hält.

„Es hat funktioniert, ich habe meine menschliche Gestalt zurück", strahlt sie der Mann glücklich an.

„Du bist Arminius? Wie konntest du in deinen Körper zurückkehren?", fragt Melina irritiert und lässt seine Hand augenblicklich los.

„Es war sicher ein mächtiger Zauber, der mich aus dem Hund befreit hat. Doch nun müssen wir ihn suchen, denn er trägt noch das magische Halsband, ohne welches wir diese Zeit nicht verlassen können", erklärt der gutaussehende Römer, den sie noch immer fasziniert anstarrt. Unsicher sieht sich Melina um.

„Wo sind wir eigentlich und in welchem Jahr? Hast du zufällig gesehen, in welche Richtung der Hund gelaufen ist? Außerdem sollten wir einen Platz für die Nacht suchen. Wieso ist der Hund nur weggelaufen? Was machen wir jetzt?"

Melina merkt selbst, dass sie viel zu viel redet, aber der faszinierende Mann neben ihr macht sie nervös und lässt ihr Herz schneller schlagen. Es war alles sehr viel einfacher, als er noch ein Hund war. Unsicher sieht sie sich erneut um.

Die Mauer hinter ihnen ist zu hoch, um darüber zu schauen. Sie erstreckt sich ungefähr fünfzig Meter zu jeder Seite. Sie sitzen auf einer bunten Blumenwiese, auf der das Gras kniehoch gewachsen ist. Die Wiese geht in einen Hang über, auf dem anscheinend ein Weinberg angelegt wurde. Dort arbeitet jemand, der in eine braune Kutte gekleidet ist. Es muss sich um einen Mönch handeln.

Im Westen erkennt man in einiger Entfernung einen breiten Fluss, über den eine hölzerne Brücke zu einer hohen weißen Stadtmauer führt.

In der Nähe erblickt Melina einen Wald, in dem der Hund jetzt gerade verschwindet. Sicher hat er eine Spur verfolgt.

„Der Hund wird Hunger haben und auch ich könnte eine anständige Mahlzeit vertragen. Ich werde versuchen, im Wald ebenfalls einen Hasen zu fangen."

„Du kennst dich mit der Jagd aus?", fragt Melina überrascht.

„Natürlich, ich habe in Rom eine umfassende militärische Ausbildung erhalten. Darüber hinaus kann ich natürlich lesen, schreiben und rechnen. Die römischen Feldherren sind schließlich nicht ungebildet. Lass uns nun dem Hund folgen."

Nach seiner Rückverwandlung scheint er automatisch zum Du übergegangen zu sein. Nun schreitet Arminius mit großen, entschlossenen Schritten in Richtung Wald. Melina bleibt nichts anderes übrig, als ihm zu folgen.

Am Waldrand hat Arminius innerhalb kürzester Zeit eine Falle aufgebaut und ist nun dabei ein kleines Feuer zu entfachen. Schon bald hat sich ein vorwitziges Kaninchen in seiner Falle verfangen und mit einigen routinierten Handgriffen hat Arminius das Tier getötet und gehäutet. Kurz darauf röstet es über dem Feuer und verbreitet einen leckeren Duft, der auch Melinas Magen laut knurren lässt. Als sie sich am Feuer niederlassen, erscheint auch der Hund wieder und legt sich satt und zufrieden neben Melina ins Gras. Er scheint beschlossen zu haben, seine Reise mit ihnen fortzusetzen.

Arminius und Melina teilen sich das Kaninchen und essen dazu die von Melina gesammelten Beeren. Nach dem Essen löst Arminius das Lederband vom Hals des Hundes und bindet es um sein Handgelenk.

Nachdenklich betrachtet er das Armband, das ihn schon so lange durch die Zeit geführt hat.

Sicher wünscht er sich zurück in seine Zeit, denkt Melina, die plötzlich von einem Gefühl von Heimweh überwältigt wird. Sie würde jetzt auch lieber auf ihrem Sofa liegen und ein spannendes Buch lesen. Schnell reißt sie sich zusammen und überlegt, wie es nun weiter gehen soll.

„Du solltest deinen Brustpanzer ablegen, damit fällst du zu sehr auf. Wir wissen nicht, in welcher Zeit wir gelandet sind. Vielleicht sind römische Legionäre hier nicht willkommen", weist sie ihn auf seine ungewöhnliche Kleidung hin.

Arminius schnallt den Brustpanzer ab und Melina steckt ihn in ihren Rucksack. Vielleicht kann er ihnen später noch einmal nützlich sein.

Als sie in den Rucksack blickt, wird sie blass. „Das kann doch nicht wahr sein. Ich habe das Geschichtsbuch auf der Wartburg vergessen. So ein Mist, jetzt können wir nicht mehr nachschlagen, in welchem Jahr wir uns befinden."

„Hoffentlich haben wir dadurch nicht die Vergangenheit verändert", gibt Arminius zu bedenken.

„Im Jahr 1521 konnten noch nicht viele Menschen lesen. Vielleicht haben wir Glück", antwortet Melina zuversichtlich. In Gedanken versunken schauen sie in die sterbenden Flammen ihres Lagerfeuers.

Lange bleiben die drei nicht ungestört, denn ein Mönch steht plötzlich neben ihrem Feuer.

„Schmeckt euch unser Wild? Der Wald und damit alle Tiere darin sind Eigentum der katholischen Kirche. Ihr habt euch der Wilderei schuldig gemacht. Das Land gehört zu unserem Kloster, das ihr dort seht. “ Damit zeigt er auf die lange hohe Mauer mit dem hölzernen Tor, durch das sie vorhin gekommen sind.

„Entschuldigt, wir haben eine lange Reise hinter uns und waren hungrig. Könnt ihr uns sagen, wo wir hier sind", fragt Melina, denn der Mönch hat sie in französischer Sprache angesprochen und an Arminius Reaktion hat sie gemerkt, dass er kein Wort verstanden hat.

„Ihr seid in Orleans, in Frankreich. Seid ihr gekommen, um der Hinrichtung beizuwohnen?"

„Nein, wir haben bisher nichts von einer Hinrichtung gehört."

„Morgen soll Jeanne d´Arc auf dem Scheiterhaufen hingerichtet werden. Mein Abt ist gerade bei ihr, um Gottes Segen für sie zu erbitten", stellt der Mönch betrübt fest.

„Natürlich haben wir bereits von ihr gehört. Warum muss sie sterben, sie hat doch für die Freiheit aller Franzosen gekämpft?"

„Das schon, aber sie ist eine Frau und hat sich den König und die Engländer zum Feind gemacht. Dafür wurde sie zum Tode verurteilt. Morgen soll sie brennen." Man sieht dem Mönch an, dass ihm der Gedanke nicht gefällt.

„Wenn ihr einen Platz zum Schlafen sucht, könnt ihr eine Nacht in unserem Kloster verbringen. Für christliche Pilger haben wir immer einen Schlafplatz. Es ist sicherer, als hier draußen zu bleiben. Noch immer ziehen mordende Truppen durch unser Land", bietet der freundliche Mönch an.

„Das ist sehr nett und wir nehmen Euer Angebot gerne an", entscheidet Melina.

Erst als sich der Mönch entfernt hat, erklärt sie Arminius, was der Mönch ihr erzählt hat.

„Die Frau soll verbrannt werden? Gibt es hier vielleicht doch Hexen?", fragt Arminius nach.

„Nein, sie ist keine Hexe, aber sie hat die französischen Truppen gegen die Engländer geführt und als sie bei der entscheidenden Schlacht um Paris nicht siegreich war, entzog der französische König ihr sein Vertrauen und übergab sie den englischen Feinden. In einem Prozess wurde sie wegen Ketzerei verurteilt. Jetzt soll sie sterben. Können wir nicht versuchen, ihr zu helfen?" Jetzt ist Melina wieder voller Energie und schaut Arminius beschwörend an.

„Das ist unmöglich, die Vergangenheit kann nicht verändert werden. Außerdem wissen wir doch gar nicht, wo sie gefangen gehalten wird. Das ist völlig unmöglich", antwortet ihr der erfahrene Soldat. Dann fragt er noch: „Was ist ein Kloster?"

Richtig, so etwas gab es natürlich zu seiner Zeit noch nicht.

„Klöster wurden von den christlichen Kirchen errichtet, um dort ihre gemeinsame Religion zu leben. Klöster gibt es überall auf der Welt. Sie sind Anlagen, in denen Glaubensbrüder zusammen leben, beten und arbeiten. Dabei leben Frauen und Männer immer streng getrennt."

„Dann können wir also nicht gemeinsam im Kloster übernachten", stellt Arminius nüchtern fest.

„In den meisten Klöstern gibt es Gästetrakte, in denen Reisende unterkommen können. Wir werden nachfragen, ob für uns beide Platz ist. Außerdem ist da ja auch noch der Hund. Er scheint mit uns weiterreisen zu wollen. Wir sollten ihm einen Namen geben. Ich finde, wir könnten ihn Rex nennen."

„Wieso willst du einem Hund einen Namen geben? Er ist ein Tier, du kannst ihn unmöglich „König" nennen. Wozu braucht er überhaupt einen Namen?"

„Als du noch ein Hund warst, habe ich dich doch auch Arminius genannt."

„Das war etwas anderes, denn ich war nur vorübergehend ein Hund. Ich war immer Arminius."

„Dann nenne ich ihn eben Max. Er gehört doch auch zu uns. Du musst ja nicht mit ihm sprechen", erwidert Melina schnippisch.

„Ich werde ganz sicher nicht mit einem Hund sprechen, auch wenn wir einige Zeit den Körper geteilt haben. Wir sollten jetzt zu diesem Kloster gehen und versuchen herauszufinden, in welchem Jahr wir uns befinden."

„Das kann ich dir auch so sagen. Jeanne d'Arc wurde am 30.5.1431 auf dem Scheiterhaufen verbrannt. Wenn wir nichts für sie tun, wird sie morgen sterben."

Melina merkt selbst, dass ihr Ton unangemessen ist, aber es verunsichert sie, plötzlich mit diesem ungewöhnlichen Mann unterwegs zu sein. Er sieht nicht nur unverschämt gut aus, er ist auch gebildet und entspricht so gar nicht ihrem Bild eines alten Germanen. Den hat sie sich eigentlich immer ganz anders vorgestellt, mit einer plumpen Figur, langen, zottigen Haaren und schmutzigen Händen. Zumindest darin entspricht Arminius im Moment ihren Vorstellungen, bisher hatte er noch keine Gelegenheit, sich zu waschen.

„Ich habe dir doch schon gesagt, dass man die Vergangenheit nicht ändern kann. Wir können nichts für sie tun", hört sie ihn jetzt geduldig erklären.

Einen Moment lang muss sie nachdenken, worüber sie sich gerade unterhalten haben, bevor ihre Gedanken abgeschweift sind. Genau, die Rettung der Jungfrau von Orleans.

„Damit kann und will ich mich nicht abfinden. Mir wird sicher etwas einfallen, um die Frau zu retten. Ich werde bis morgen darüber nachdenken. Lass uns jetzt zu diesem Kloster gehen und um Obdach für die Nacht bitten", damit macht sich Melina auf den Weg zum Klosterpforte.

Arminius löscht noch die Reste ihres Lagerfeuers und folgt ihr dann.

Gemeinsam stehen sie kurz darauf vor dem Haupttor des Klosters, welches sich in der Nähe der Brücke befindet.

Als Melina an die Tür klopft, wird diese umgehend geöffnet und ein junger Mönch fragt nach ihren Wünschen.

„Wir würden gern diese Nacht in Eurem Kloster verbringen", erklärt sie dem Mann, der freundlich nickt und die Tür ganz aufschiebt.

Arminius, Melina und Max, der Hund, betreten das Klostergelände und sehen sich um. In der Mitte der Anlage befindet sich ein riesiger Kräutergarten, in dem einige Mönche arbeiten. Der junge Mönch führt sie durch einige lange Gänge zu einem Raum, in dem sie von einem alten Mann in einer schwarzen Kutte erwartet werden.

„Dies ist unser Abt, Vater Luciano. Vater, diese Reisenden bitten um Obdach für eine Nacht. Sie sind bereits lange unterwegs und suchen eine Unterkunft", stellt sie der junge Mönch dem Alten mit den tiefen Falten im Gesicht vor. Seine Hände hält er in den Ärmeln seiner Kutte versteckt.

Melina blickt in erstaunlich wache dunkle Augen, die sie aufmerksam mustern. Dann wandert der Blick zu Arminius und ein überraschter und nachdenklicher Ausdruck tritt in sein Gesicht.

„Seid gegrüßt in unserem Kloster. Wir haben nicht viel, aber einen Schlafplatz können wir euch anbieten. Die Frau und der Hund müssen in unserem Stall übernachten, während Ihr, mein Herr, in der Kammer schlafen könnt. Wir bitten jedoch darum, an unseren Gottesdiensten am Abend und morgen früh teilzunehmen. Frauen sind dabei nicht zugelassen, Ihr mögt mir verzeihen", wendet er seinen Blick erneut zu Melina. Dann spricht er Arminius noch einmal direkt an: „Ihr werdet beim Abendessen mein Gast sein", sagt er in lateinischer Sprache und Arminius antwortet ihm höflich: „Es wird mir eine Ehre sein."

Nun werden die Reisenden von dem jungen Mönch zu ihren Schlafplätzen geführt.

Melina und Max machen es sich im Stroh bequem und schon bald ist Melina erschöpft eingeschlafen, beschützt durch den wachsamen Hund.

Als sie am Morgen auf den Hof tritt, trifft sie auf Arminius, der jetzt sauber und in frischer Kleidung auf sie wartet. Er führt sie noch einmal zu Abt Luciano.

„Was sollen wir hier? Wollten wir nicht eigentlich das Kloster heute wieder verlassen und in die Stadt Orleans gehen?", fragt Melina, doch Arminius lächelt nur geheimnisvoll.

Nachdem sie das Zimmer des Abtes betreten haben und Arminius noch einmal einen prüfenden Blick in den Flur geworfen hat, schließt er die Tür.

„Ich habe Euch noch einmal zu mir gerufen, um etwas wichtiges mit Euch zu besprechen", beginnt der Abt das Gespräch.

Verwirrt blickt ihn Melina an.

„Ich habe mich gestern Abend noch lange mit Eurem Begleiter unterhalten, denn es war offensichtlich, dass er ein Geheimnis zu verbergen suchte. Erst als ich ihm mein Armband zeigte, erzählte er mir seine Geschichte."

Mit diesen Worten schiebt der alte Mann den weiten Ärmel seiner Kutte ein wenig hoch, so dass ein breites Lederarmband zu sehen ist. Auf dem

Band sind rote und grüne Steine in geometrischen Mustern angeordnet.

„Ich habe hier im Kloster vor Jahren meine Heimat gefunden. Nun tue ich Buße für meine Verfehlungen, die ich in jungen Jahren aus Unbedachtheit beging. Dabei wurden Unschuldige ins Unglück gestürzt. Jetzt bin ich zu alt, um noch eine solche Reise zu machen. Darum habe ich Arminius gebeten, für mich einen Auftrag auszuführen. Ihr habt sicher von dem Urteil gehört, dass heute in der Stadt vollstreckt werden soll. Ich bitte euch nun, das Mädchen zu retten und durch die Tunnel in eine andere Zeit zu führen."

Melina ist sprachlos. Nie hat sie damit gerechnet, noch andere Zeitreisende zu treffen, doch der Mann vor ihnen ist eindeutig ein Reisender. Sein Armband beweist es.

Dann erst geht ihr auf, um was der Abt sie gebeten hat. Sie sollen Jeanne d'Arc retten.

„Wie sollen wir das anstellen? Jeanne d'Arc wird sicher streng bewacht", wendet Melina ein.

„Sie befindet sich bereits hier im Kloster. Als ich ihr gestern die Beichte abgenommen habe, wurde sie gegen eine Frau ausgetauscht, die sich freiwillig in den Dienst unserer Sache gestellt hat. Aber das Mädchen muss von hier weggebracht werden. In Frankreich kann sie nicht bleiben, denn jeder kennt sie hier. Darum habe ich Arminius gebeten, sie in eine andere, möglicherweise bessere Zeit zu bringen. Ich selbst bin zu alt für diese Reise." Der Abt schaut Melina und Arminius abwartend an.

Melina wirft ihrem Begleiter einen fragenden Blick zu und als er nickt, stimmt auch sie erleichtert zu.

„Ich bin glücklich, wenn wir Euch bei Eurem Plan unterstützen können. Ich hatte schon darüber nachgedacht, wie wir der Frau helfen können. Doch in welche Zeit sollen wir sie bringen?"

„Das bleibt euch überlassen, denn alles im Leben ist Schicksal. Doch ihr dürft auf keinen Fall etwas über die Zeittunnel erzählen, auch dem Mädchen nicht. Sie wird während der Reise fest schlafen und sich später an nichts mehr erinnern. Ich werde ihr einen entsprechenden Trank geben. Sagt einfach, dass ihr sie gefunden und in ein anderes Land gebracht habt", erklärt Abt Luciano. „Heute bleibt ihr hier im Kloster und ruht euch aus. Um Mitternacht begebt ihr euch durch das Tor in die Zeittunnel und rettet das Leben des Mädchens. Wir können nicht mehr tun, als für euch zu beten."

Damit sind Arminius und Melina entlassen.

Zurück auf dem Flur fällt Melina Arminius überglücklich um den Hals.

„Wir können sie retten. Sie muss nicht sterben. Danke!"

Dann lässt sie Arminius erschrocken los und lächelt ihn unsicher an, doch er geht nicht weiter auf ihren Gefühlsausbruch ein.

„Ich wusste nicht, was der Abt von mir erwartete, als er mich gestern nach dem Gottesdienst zum Abendessen in sein Zimmer bat. Es war mir nicht klar, dass es noch andere Zeitreisende gibt und dass ich eines Tages einen anderen Reisenden treffen würde. Da ich wusste, wie gern du dem Mädchen helfen wolltest, habe ich unsere Unterstützung zugesagt. Jetzt müssen wir nur noch einen passenden Ausgang aus den Tunneln finden.“

„Das werden wir bestimmt auch schaffen“, ist sich Melina ganz sicher.

Erst am Abend treffen sie mit Jeanne d'Arc zusammen. Der Abt bittet sie wieder in sein Zimmer und dort erwartet sie ein junges Mädchen mit blassem Gesicht und traurigen Augen. Sie trägt ein einfaches Bauernkleid und sicht schr erschöpft aus.

„Mein Name ist Melina und dies ist Arminius und unser Hund, dem ich den Namen Max gegeben habe. Wir sind erfreut, dich kennen zu lernen, denn wir werden gemeinsam auf eine lange Reise gehen“, stellt sie einander vor.

Jeanne gibt allen schüchtern die Hand, verabschiedet sich leise vom Abt und nimmt ihr Bündel auf. Auch Melina und Arminius verabschieden sich von dem alten Mann und zusammen begeben sie sich vor die Tore des Klosters.

Durch den Trank, den Abt Luciano Jeanne gegeben hat, schläft sie bereits, als Arminius mit seinem Armband gegen die kleine Holzpforte in der Klostermauer klopft. Sofort öffnet sich die Tür und Melina, Max und Arminius, der Jeanne auf seinen starken Armen trägt, betreten die Reisenden den dunklen Tunnel der Zeit.

Anno 1521 nach Christus

Lucius folgt den Tunneln, die ihn hoffentlich zurück in sein altes Leben führen werden.

Er macht sich Vorwürfe, Marie allein gelassen zu haben. Doch der schlimmste Vorwurf ist, dass er allein für ihre Erkrankung verantwortlich ist. Wie konnte er nur die Warnungen ignorieren?

Er hofft darauf, dass die Götter ihm verzeihen und Marie das Leben retten, wenn er zurück in seine Zeit reist.

Es ist Ewigkeiten her, dass er die Tunnel zuletzt betreten hat. Neunzehn Jahre hat er mit Marie in Worringen gelebt. Jetzt ist er wieder in einem dieser dunklen, endlosen Tunnel. Hoffentlich findet er bald eine Tür.

Schon im nächsten Gang sieht er eine Tür, die ihn in eine andere Vergangenheit führen wird. Er öffnet sie mit seinem magischen Armband und steht plötzlich in einem Kellerraum, aus dem nur eine Treppe nach oben führt.

Langsam steigt er diese Treppe hinauf, um in einen Gang mit mehreren Holztüren zu gelangen. Vorsichtig und möglichst leise öffnet er eine dieser Türen. Dahinter sitzt ein dicker Mann in einer braunen Mönchskutte an einem Schreibtisch und blättert gelangweilt in einem dicken ledergebundenen Buch.

Jetzt hat er bemerkt, dass jemand das Zimmer betreten hat und dreht sich auf seinem Stuhl zu Lucius um.

„Ah, endlich kommt jemand. Ich dachte schon, man hätte mich hier vergessen. Aber ich muss wohl ganz still sein, denn jemand unter Bann kann keine fürstliche Behandlung erwarten. Sei es drum, bring mir Bier und etwas zu Essen, denn mich langweilt es sehr. Essen ist jedenfalls eine sinnvolle Beschäftigung."

Lucius überlegt nur kurz und nickt dann zustimmend.

Dieser dicke Mann scheint nichts daran zu finden, dass ein Fremder in sein Zimmer gekommen ist. Das bedeutet, dass viele Menschen hier aus und eingehen. Daher wird er nicht weiter auffallen.

Er macht sich auf den Weg, das Gewünschte zu besorgen. Im Hof trägt er einer Magd auf, etwas Braten und Bier für den Gast in der Kammer zu besorgen. Als diese kurz darauf mit dem Essen im Hof erscheint, nimmt ihr Lucius das Tablett ab und bringt es selbst in die Kammer, wo ihn der Mann bereits erwartet.

„Ah, da bist du ja wieder. Ich werde mich erst einmal stärken und dann überlegen, wie ich die Zeit hier auf der Burg sinnvoll nutzen kann. Ich kann ja nicht dauernd in der Bibel lesen. Die hätte man schon längst einmal in eine gefälligere Sprache übersetzen können.“

Lucius blickt dem Mann über die Schulter und erkennt, dass das Buch in griechischer Sprache geschrieben wurde. Auch die Aufzeichnungen, die er vor Jahren im Kloster von Bingen gelesen hat, waren in Griechisch abgefasst.

„Das alles zu übersetzen kann aber lange dauern“, meint er halblaut.

„Das ist richtig, ich würde es auch gern machen, aber hier auf der Burg gibt es leider keinen, der mir dabei behilflich sein könnte. Ich brauche dringend einen Schreiber“, bemerkt der dicke Mann.

Lucius zögert nur eine Sekunde und bietet dann an: „Ich könnte Euch helfen. Ich beherrsche das Schreiben und habe auch etwas Erfahrung mit griechischen Texten.“

„Du? Wie sollte ein Burgknecht so etwas gelernt haben.“

„Ich bin seit meiner Kindheit im Lesen, Schreiben und Rechnen unterrichtet worden. Vor Jahren habe ich gelernt, griechische Texte zu lesen. Ich kann Euch wirklich helfen.“

Der dicke Mann lacht ungläubig und hält Lucius die Bibel hin. „Dann lies mir diese Seite vor.“

Locker und flüssig liest Lucius ihm vor und der Mann schaut ihn überrascht an.

„Du hast nicht übertrieben. Das war wirklich gut. Wie heißt du? Ich bin Martin Luther, unter Bann gestellt und hier auf der Wartburg auf unbestimmte Zeit zu Gast."

„Mein Name ist Lucius und es wäre mir eine Ehre, Euch bei der Übersetzung der Bibel zur Hand zu gehen."

„Lucius, soso. Dieser Name ist hier nicht üblich, ich kann ihn mir unmöglich merken. Ich werde dich einfach Lucas rufen. Sobald ich mein Mahl beendet habe, fangen wir an. Besorge schon einmal Papier und Tinte und beeil dich, damit wir nicht noch mehr Zeit verlieren."

So macht sich Lucius auf den Weg, das Gewünschte zu besorgen.

Gemeinsam machen sich die beiden Männer an die Arbeit. Oft arbeiten sie bis tief in die Nacht.

Nur wenn er bei Nacht erschöpft in seinem Bett liegt, denkt Lucius an seine Marie. Ob sie überhaupt noch am Leben ist? Natürlich nicht, denn als er sie verließ, lebten sie in der Zukunft.

Ob er ihr trotzdem helfen kann? Er muss es versuchen und noch viel weiter in die Vergangenheit reisen, doch vorher wird er mit Martin Luther diese Bibel übersetzen.

Seit zehn Wochen sind sie nun schon bei der Arbeit und die Übersetzung ist fast fertig. Lucius ist wieder einmal unterwegs, um neues Papier zu besorgen.

„Ich brauche mehr Papier, Lucas", schreit Luther durch den Flur. „So eine Bibel übersetzt sich nicht von allein. Wenn ich schon auf der Wartburg festsitze, muss ich die Zeit sinnvoll nutzen. Bring mir Tinte und Papier."

Lucius öffnet die Tür zur Kammer, in der Martin Luther auf ihn wartet und reicht ihm das gewünschte.

„Jetzt brauche ich noch ein kleines Stück von dem köstlichen Braten", meint Luther und schickt Lucius erneut los.

Luther isst für sein Leben gern, doch leider hat er danach oft heftige Bauchkrämpfe. Seine Gesundheit leidet darunter, dass er viele Stunden am Tag an seinem Schreibtisch sitzt und arbeitet.

Jetzt will er schon wieder essen. Lucius schüttelt den Kopf und macht sich auf den Weg zur Küche.

Einen Moment lang meint er, eine Gestalt im Flur vor der Kammer gesehen zu haben, aber da hat er sich sicher geirrt. Das Gesinde meidet diesen Flur, denn Luther kann ziemlich unhöflich werden, wenn er sich gestört fühlt.

Auf dem Rückweg sieht er sich noch einmal im Flur um, doch es ist niemand da. Nur auf einer Fensterbank macht er eine merkwürdige

Entdeckung. Dort liegt ein Buch, wie er es nie zuvor gesehen hat. Die Schrift ist ganz anders, als er sie kennt, dennoch ist es auf Deutsch geschrieben. Darüber hinaus sind viele Bilder darin, die so echt wirken, dass man meint, durch ein Fenster zu blicken. Nach einem schnellen Blick durch den Flur beschließt er, das Buch an sich zu nehmen und am Abend in seiner Kammer zu lesen.

Kaum kann er es erwarten, an diesem Abend in seine Kammer zu kommen. Sobald er auf seinem Lager liegt, nimmt er das rätselhafte Buch und blättert im Licht einer Kerze darin. Schon bald ist er vollkommen fasziniert und liest Seite um Seite. Auch in den folgenden Nächten bekommt er nur wenig Schlaf, denn jede Nacht liest er viele Stunden lang.

In diesem Buch ist die Geschichte festgehalten, doch es endet nicht mit dem heutigen Tag, sondern erzählt auch von der Zukunft.

Plötzlich weiß Lucius ganz sicher, dass dieses Buch auf keinen Fall in die Hände anderer gelangen darf. Er muss es vernichten. Niemand darf es je zu Gesicht bekommen. Und er weiß noch etwas: jemand aus der Zukunft war hier. Ein anderer Zeitreisender.

Lucius ist verängstigt. Er muss sofort hier verschwinden. Noch heute Nacht wird er die Wartburg verlassen, doch vorher muss das Buch verbrannt werden.

Sofort macht er sich mit dem gefährlichen Buch auf den Weg zur Küche, um es im Ofen zu verbrennen. Niemand darf jemals etwas von diesem Buch erfahren.

Nachdem er das unheimliche Buch den Flammen übergeben hat, macht er sich auf den Weg zum Zeittor im Keller, um die Wartburg für immer zu verlassen.

Im Jahr 1114 nach Christus

Die kleine Gruppe der Reisenden folgt den Gängen, die sich vor ihnen erstrecken.

Immer weiter laufen sie durch die dunklen Tunnel. Gut, dass Melina noch ihre Taschenlampe bei sich hat. Dann erreichen sie wieder einen Gang mit verschiedenen Türen.

„Welche Tür sollen wir nehmen?", fragt Melina.

„Suche dir eine aus. Wir müssen eine Bleibe für Jeanne finden. Sie wird nicht mehr lange schlafen. Dem Abt war sehr wichtig, dass sie nichts über die Zeittunnel erfährt." Arminius setzt die schlafende Jeanne ab.

Es wird Zeit, dass sie wach wird und auf ihren eigenen Beinen läuft, denkt Melina und schämt sich gleich darauf. Jeanne ist gerade dem Scheiterhaufen entgangen und wurde von Abt Luciano mit einem Schlafmittel betäubt. Ihr Erwachen wird sicher nicht angenehm werden.

Jetzt berührt Arminius mit seinem Armband die Tür, auf die Melina zeigt. Sie öffnet sich sofort.

„Geht hindurch, ich folge mit Jeanne. Dann werden wir sehen, wo wir uns befinden", weist er Melina an, die mit Max und ihrem Rucksack durch das geöffnete Tor tritt. Hinter ihr trägt Arminius Jeanne ins Freie.

Melina und Arminius sehen sich betroffen an. Sie stehen auf einer schneebedeckten Ebene in der Nähe einer kleinen Stadt. Es ist dunkel, die Sterne am Himmel funkeln und es ist bitterkalt.

Die Tür, durch die sie gerade gekommen sind, gehört zu einem kleinen Madonnenschrein neben einem alten Stall, in dem etwas Stroh gelagert wird. Tiere waren hier offensichtlich schon lange nicht mehr untergebracht.

„Wir bleiben die Nacht hier und decken uns mit dem Stroh zu", entscheidet Arminius, der in seinem Hemd, der Hose und den römischen Sandalen, von denen er sich nicht trennen wollte, sicher genauso friert wie Melina in ihrem Kleid. Kurz darauf hat Arminius seine Sandalen und das Hemd mit Stroh ausgepolstert und auch Melina hat unter ihr Kleid eine Lage Stroh geschoben.

Jetzt stopft sie auch Jeannes Kleid mit dem Material aus. Noch schläft das Mädchen, doch wenn es erwacht, werden sie ihr eine gute Erklärung liefern müssen, wo sie sind und wie sie hierher kommen konnten.

Doch erst einmal bauen sie sich ein warmes Nest im Stroh und decken sich mit Melinas Jacke zu. Max liegt zwischen den beiden Frauen und wärmt sie mit seinem Körper.

„Wenn wir nur wüssten, wo wir hier sind. Wir müssen einen sicheren Platz für Jeanne finden", flüstert Melina Arminius zu, um das Mädchen nicht zu wecken.

In dem Moment hören sie ein unheimliches Heulen, das von allen Seiten zu kommen scheint. Immer lauter wird es und kommt schnell näher.

„Was ist das?", fragt Melina ängstlich.

„Wölfe!", lautet die grimmige Antwort, die sie eigentlich gar nicht hören will.

„Wo kommen die her? Werden sie uns hier im Stall angreifen?"

„Wenn sie wirklich hungrig sind. Es hört sich so an, als wenn sich bereits ein ganzes Rudel um den Stall versammelt hat", ist die beunruhigende Antwort von Arminius.

„Was können wir denn tun?"

„Nichts, nur abwarten und darauf hoffen, dass es bald hell wird."

Auch Max scheint zu spüren, dass ihnen Gefahr droht, denn er hat sich aufgerichtet und lauscht mit aufgestellten Ohren dem durchdringenden Geheul.

Da kracht es laut und die Holzwände beben. Die Wölfe werfen sich gegen die Wände, um an ihre auserwählte Beute zu gelangen.

Jetzt ist auch Jeanne erwacht und sieht sich ängstlich um. Kein Laut kommt aus ihrem Mund, sie scheint vor Schreck stumm zu sein.

„Du musst keine Angst haben. Wir sind in einem Stall, der uns hoffentlich vor den Wölfen schützt. Es ist Nacht und wegen der Wölfe können wir unsere Reise im Moment nicht fortsetzen", erklärt ihr Arminius, nachdem er Melina einen fragenden Blick zugeworfen hat.

„Morgen früh werden wir uns in der nächsten Stadt erkundigen, wo wir uns befinden und wie wir weiterreisen können. Mach dir keine Sorgen. Hier bist du erst mal sicher", setzt Melina hinzu, als sie sieht, wie Jeanne sich ängstlich umsieht.

Schon wieder werfen sich die Wölfe gegen die Holzwände. Plötzlich ist sich Melina gar nicht mehr so sicher, dass ihnen nichts geschehen kann.

„Gib mir dein Licht, ich werde versuchen, die Wölfe zu vertreiben", fordert Arminius Melina auf, ihm die Taschenlampe zu reichen.

„Du willst doch nicht allein zu den Wölfen vor die Tür gehen. Du kannst uns doch hier nicht allein lassen", erwidert Melina mit Panik in der Stimme. Auf keinen Fall wird sie allein mit dem Mädchen und dem Hund im Stall bleiben.

„Ich muss versuchen, die Wölfe zu vertreiben. Die Wände werden nicht mehr lange halten. Mach dir keine Sorgen, ich bin bald zurück", ruft ihr Arminius zu und schon ist er zur Tür hinaus. Sie hört ihn vor dem Stall laut brüllen, während Jeanne neben ihr leise weinend zu beten scheint. Sofort wirkt das junge Mädchen ruhiger und auch Melina faltet ihre Hände und schickt ein Gebet zum Himmel.

Gemeinsam beten die beiden Frauen und mit einem Mal fühlt sich Melina nicht mehr so allein. Jeannes Zuversicht hat sich auch auf Melina übertragen.

Dann öffnet sich die Stalltür und Arminius betritt den Raum.

„Bist du verletzt? Konntest du die Wölfe vertreiben? Sind wir in Sicherheit", will Melina wissen.

Völlig außer Atem nickt ihr Arminius zu und lässt sich erschöpft zu ihnen ins Stroh fallen.

„Sie sind fort. Es wird bald hell, dann können wir weiter ziehen", beruhigt er die Frauen und schon fallen ihm die Augen zu.

Melina kuschelt sich an Max und ist ebenfalls bald eingeschlafen.

Als sie am Morgen erwacht, ist es bitterkalt. Max, der sie mit seinem Körper gewärmt hat, hat das Lager verlassen. Orientierungslos schaut sich Melina um. Ein großer Nachteil der Zeitreisen ist, dass man nie weiß, wo man am nächsten Morgen erwacht.

Jetzt haben Melinas Augen Arminius und Jeanne erblickt. Die beiden sitzen dicht nebeneinander und Arminius spricht leise auf das Mädchen ein.

Melina spürt einen schmerzhaften Stich der Eifersucht, doch sofort ruft sie sich zur Ordnung. Dafür ist jetzt wirklich keine Zeit. Sie müssen zusammen halten und einen sicheren Platz für Jeanne finden. Am besten wäre ein Kloster.

Nun hat auch Arminius bemerkt, dass sie wach ist.

„Es wird schon hell. Bald können wir weiter reisen", meint er zu ihr. „Hast du gut geschlafen? Das Mädchen hat in ihrem Beutel noch etwas Brot, falls du Hunger hast."

Am liebsten würde Melina jetzt eine heiße Dusche nehmen, aber daran ist gar nicht zu denken.

„Wir sollten fragen, ob es hier irgendwo ein Kloster gibt, in das wir sie bringen können. Dort wäre sie erst einmal sicher", meint Melina.

„Wir werden im nächsten Ort nachfragen. Wäre dir ein Kloster recht?", wendet sich Arminius an Jeanne. Heftig nickt das Mädchen, das noch immer kein Wort gesprochen hat.

„Kannst du dich erinnern, wie du hierhergekommen bist? Wie Du heißt und woher du kommst?", will Melina von ihr wissen, doch Jeanne schüttelt nur traurig den Kopf. Anscheinend hat sie durch den Trank des Abtes tatsächlich alles vergessen, denkt Melina erleichtert. So wird sie weniger Schwierigkeiten haben, sich an ein neues Leben zu gewöhnen.

„Also werden wir nach einem Klosterplatz suchen", entscheidet Arminius.

Die Reisenden packen ihre Sachen zusammen und machen sich auf den Weg in die kleine Stadt. Dort angekommen treffen sie auf einen Bauern, der sie erstaunt anschaut.

„Ihr habt euch kein gutes Wetter für eure Reise ausgesucht. Der Winter wird noch lange andauern. Wo wollt ihr denn hin?", fragt er die kleine Gruppe und mustert alle neugierig.

„Wir sind auf der Suche nach einem Kloster", erklärt ihm Melina und lächelt ihn freundlich an. „Gibt es hier in der Umgebung eines?"

„Natürlich, das Kloster von Bingen. Es ist allerdings bei diesem Wetter noch eine halbe Tagesreise entfernt. Ihr braucht nur dem Fluss zu folgen. Im Moment fahren aber keine Schiffe auf dem Rhein."

„Wir werden laufen. Vielen Dank für die Auskunft."

Dann machen sich die Reisenden auf den Weg und folgen dem Fluss aufwärts.

Es ist ein beschwerlicher Weg, durch den hohen Schnee und die bittere Kälte, doch kurz vor Einbruch der Dunkelheit haben sie endlich die Mauern des Klosters erreicht.

„Wir sind da. Vielleicht kannst du hier bleiben. Die Nonnen werden sich um dich kümmern", erklärt Melina dem verschüchterten Mädchen.

Arminius klopft an die hölzerne Pforte und eine kleine Luke wird geöffnet. Eine Nonne schaut hindurch und fragt sie nach ihren Wünschen.

„Wir bitten um ein Lager für die Nacht", erklärt er der Nonne, die sie aufmerksam mustert.

„Ich werde die Mutter Oberin fragen", antwortet die Nonne und schließt die Luke.

Nach einer Weile wird die Tür geöffnet und die Reisenden können das Klostergelände betreten.

„Ich werde euch zur Mutter Oberin führen", informiert sie die Nonne und weist ihnen den Weg.

Als sie kurz darauf in der warmen Klosterküche sitzen und ihnen die Oberin eine dampfende Schüssel mit Suppe reicht, erfindet Arminius eine glaubwürdige Geschichte, wie sie das Mädchen auf ihrer Reise gefunden haben.

„Sie war ganz allein im Wald, als die Wölfe kamen. Wir konnten uns gerade noch in einen Stall retten. Doch das Mädchen hat noch kein Wort gesprochen und wir wissen nicht, wie sie heißt und woher sie kommt."

„Da wir uns auf einer Pilgerreise befinden, können wir sie nicht mitnehmen und möchten Euch bitten, das Mädchen hier in Eurem Kloster aufzunehmen. Wir würden Euch dafür mit Silber bezahlen", ergänzt Melina und holt den silbernen Brustpanzer aus ihrem Rucksack.

Die Oberin begutachtet ihn und stimmt zu, das Mädchen im Kloster aufzunehmen.

„Wir werden gut für sie sorgen und ihr eine gottgefällige Aufgabe geben. Des Weiteren braucht sie einen gottesfürchtigen Namen. Ich denke, wir werden sie Marie nennen."

„Ein wirklich schöner Name. Wir danken Euch sehr. Morgen bei Tagesanbruch werden wir weiterreisen. Habt vielen Dank für Eure Hilfe", bedankt sich Melina erfreut.

Doch sie werden noch in dieser Nacht ein Tor zu den Zeittunneln suchen und das Kloster verlassen. Um Mitternacht machen sich Melina, Arminius und Max wieder auf den Weg durch die Zeit.

Anno 1431 nach Christus

Es kann nicht sein. Es ist völlig unmöglich. So viele Jahre lebt er bereits hier im Kloster, um für seine Sünden zu büßen und jetzt steht dieser Mann vor ihm.

Lucius ist erschüttert. Seit achtzehn Jahren lebt er im Kloster von Orleans, dessen Abt er mittlerweile geworden ist. Doch nun steht dieser junge Mann vor ihm.

Arminius, den er vor Urzeiten für Publius Quinctilius Varus suchen sollte.

Er, Lucius, ist ein alter Mann, doch Arminius ist noch immer stark und jung.

Noch viel mehr erschüttert es Lucius, dass Arminius ihn offensichtlich nicht erkennt. Hat er sich wirklich so sehr verändert? Natürlich, er ist alt geworden, aber damals im römischen Lager im germanischen Wald haben sie doch oft zusammen am Feuer gesessen.

Jetzt ist Arminius hier in seinem Kloster. Er wird begleitet von einer jungen, hübschen Frau und einem Hund. Wer hätte das gedacht. Ob Arminius ihm von seiner Reise durch die Zeit erzählen wird?

Heute Abend wird er Arminius zum Essen bitten. Dann wird auch Lucius einen Teil seiner Geschichte erzählen. Natürlich nicht alles, das ist völlig ausgeschlossen.

Aber jetzt haben sich ganz andere Möglichkeiten aufgetan. Lucius wird noch einmal die Vergangenheit verändern. Er muss es tun, das Schicksal will es so und er ist es dem Mädchen schuldig.

Heute hat er Jeanne d'Arc in ihrer Zelle besucht. Sie hat ihn nicht erkannt, konnte sie ja auch nicht, denn sie wird ihn erst viel später kennen lernen. Diese Zeitreisen machen es schon extrem kompliziert. Man weiß nie, wen man aus einem anderen Leben schon kennt, oder erst später kennenlernt.

Am Nachmittag hat Lucius Jeanne d'Arc die Beichte abgenommen, denn sie soll morgen auf dem Scheiterhaufen verbrannt werden. Sie war so tapfer, nicht einmal geweint hat sie.

Lucius hatte alles vorbereitet. Eine kranke Nonne, deren Beichte er vor einigen Tagen abgenommen hatte, hat sich erboten, Jeannes Platz in der Zelle einzunehmen. So konnte Lucius Jeanne heimlich aus der Zelle befreien und ins Kloster bringen.

Eigentlich wollte er ihr sein magisches Armband geben, damit sie allein durch die Zeit reisen und sich retten kann, aber nun ist Arminius hier. Das ist noch besser, denn nun muss Jeanne nicht schutzlos durch die Tunnel reisen. Arminius wird sie begleiten.

Nach der Messe spricht Lucius seinen Besucher an: „Würdet Ihr heute mein Gast sein? Ich kann Euch nur ein karges Mahl bieten, doch für mich wäre es eine wunderbare Gelegenheit, mit einem Außenstehenden zu sprechen. Seit ich hier im Kloster lebe, erfahre ich nicht mehr viel über das Leben vor den Klostermauern.“

„Ich werde Euch gern unterhalten, doch komme ich nicht aus dieser Gegend und kenne mich hier ebenfalls nicht aus“, erwidert Arminius höflich.

„Wir werden sicher einige Themen finden, zu denen Ihr Auskunft geben könnt“, antwortet der alte Abt.

Das Nachtmahl im Kloster ist wirklich nicht üppig und so sitzen sich die beiden bei etwas Brot und Käse gegenüber.

„Woher kommt Ihr und Eure Begleitung?“, beginnt Lucius die Unterhaltung.

„Wir kommen aus dem Norden“, meint Arminius unverbindlich.

Lucius merkt, dass er so nichts von Arminius erfahren wird und so ändert er seine Taktik.

„Was hat Euch in unsere Gegend geführt? Ihr seid weit von Eurer Heimat entfernt.“

„Wir sind nur auf der Durchreise. Schon Morgen werden wir weiterziehen“, antwortet Arminius noch immer ausweichend.

„Wo hat Eure Reise begonnen? Wo ist Eure Heimat?"

Man kann deutlich erkennen, dass sich Arminius immer unbehaglicher fühlt. Die Fragen des Abtes machen ihn unsicher. Lucius verfolgt ein klares Ziel, denn er will mehr über Arminius und seine Zeitreise erfahren.

„Auch ich war auf Reisen, als ich noch jünger war. Doch vor achtzehn Jahren hat mich das Schicksal in dieses Kloster geführt. Um meine Sünden vor Gott zu büßen, blieb ich hier."

„Das scheint mir eine lange Bußzeit zu sein. Sicher hat Euer Gott Euch bereits vergeben", antwortet Arminius noch immer ausweichend.

„Diese Sünde wird mir niemals vergeben. Ich habe mich eines unentschuldbaren Vergehens schuldig gemacht, das auf ewig die Geschichte verändert", wird Lucius direkter.

„Wie soll das gehen? Die Geschichte kann nie verändert werden." Arminius bleibt weiter unverbindlich.

„Und doch habe ich es getan. Ich weiß es, denn ich habe es im Buch der Geschichte gelesen." Jetzt wird Lucius langsam konkreter, doch noch immer geht Arminius nicht darauf ein.

„Ein Buch der Geschichte gibt es doch gar nicht. Niemand kann sagen, was die Zukunft bringt."

„Ich habe ein solches Buch in Händen gehalten. Es war voller Geschichten auch aus der Zukunft. Sogar unglaubliche Bilder waren darin zu sehen."

Plötzlich begreift Arminius, was ihm Lucius sagen will, doch noch ist er sich nicht sicher, dass er die Andeutungen des Abtes richtig verstanden hat.

„Um das zu beurteilen müsste man schon einmal in der Zukunft gewesen sein", tastet er sich vorsichtig heran.

„Es könnte doch sein, dass es einen Weg in diese Zukunft gibt. Man müsste nur den richtigen Weg finden", setzt Lucius hinzu.

Arminius setzt sich aufrechter auf seinen Stuhl, legt den Arm wie zufällig auf den Tisch und betrachtet sein Armband.

Jetzt schiebt auch Lucius seinen Ärmel ein wenig hoch und schaut auf sein magisches Armband.

„Du bist Arminius, der die germanischen Truppen gegen uns Römer führte. Ich habe dich sofort erkannt, denn ich bin Lucius, der Schreiber des Publius Quinctilius Varus. Uns verbindet das gleiche Schicksal. Allerdings bin ich inzwischen alt, während Du noch immer jung und stark bist", bricht Lucius das Schweigen, das plötzlich zwischen den beiden herrscht.

„Aber wie konntest du in den Besitz eines solchen Armbandes kommen? Hat dir unsere Seherin ebenfalls geholfen, die Zeittunnel zu öffnen?", fragt Arminius und schaut den Abt verwirrt an.

„Nein, ich habe mein Armband von meiner Mutter erhalten, als ich unser geliebtes Rom mit der Legion verlassen habe. Woher sie es bekam, weiß ich nicht. Ich wusste damals nicht, dass es einen solchen Zauber bewirken kann. Auch wie es funktioniert erzählte mir erst eine Tempeldienerin der Aurora, nach meiner ersten Reise durch die Zeit. Damals war ich sehr verwirrt, als ich merkte, dass ich eine Reise durch Zeit und Raum gemacht hatte."

„Doch wieso meinst du, dass du die Geschichte verändert hast?"

„Ich habe eine junge Frau in eine andere Zeit gebracht. Wir lebten lange zusammen, bis sie eines Tages sehr krank wurde. Erst da fielen mir die Warnungen der Tempeldienerin wieder ein. Meine geliebte Marie musste leiden, weil ich selbstsüchtig die Geschichte verändert hatte. Um meiner Frau zu helfen, wollte ich in die alte Zeit zurückkehren, um die Götter um Vergebung zu bitten, doch dann verirrte ich mich in den Gängen der Vergangenheit. Als ich endlich hierher geführt wurde, blieb ich im Kloster, um für meine Sünden zu büßen."

„Auch ich habe mich während meiner Reise in den Gängen verirrt. Nun versuche ich, mit der Hilfe meiner Begleiterin, in meine Zeit zurück zu gelangen."

„Es wird dir nicht gelingen, glaube mir. Doch ich werde dich nicht aufhalten. Nur eine Bitte hätte ich: rettet die Jungfrau Jeanne d'Arc, die sonst morgen auf dem Scheiterhaufen sterben wird. So kann ich vielleicht noch etwas Gutes tun", bittet Lucius eindringlich.

„Damit würde aber auch ich die Geschichte verändern", gibt Arminius zu bedenken.

„Aber du würdest einer Jungfrau das Leben retten. Ich bitte dich! Schau mich an, ich bin zu alt, um noch einmal durch die Tunnel zu reisen", fleht Lucius um das Leben der jungen Frau.

„Ich werde mit meiner Begleiterin Melina sprechen. Wir sind schon eine Weile gemeinsam unterwegs in meine Zeit. Sie muss der Rettung zustimmen", entscheidet Arminius. Dann verabschiedet er sich und verlässt Lucius, der noch einmal auf sein Armband blickt. Lucius ist sich sicher, dass die junge Frau ihre Zustimmung nicht verweigern wird.

Am nächsten Morgen erwartet Lucius nervös auf die Entscheidung seiner Gäste. Melina ist sofort bereit, die junge Frau in eine andere Zeit zu bringen. Noch in dieser Nacht wird die kleine Gruppe das Kloster heimlich verlassen und durch die Tunnel der Zeit reisen.

Lucius bereitet alles für eine sichere Reise vor. Er lässt einen Beutel mit Proviant für die vier packen und stellt ein kleines Fläschchen bereit. Darin ist ein starkes Schlafmittel, das Jeanne während der Reise durch die Zeittunnel betäuben wird. Wenn sie später erwacht, wird sie sich an nichts erinnern können.

Am Abend treffen Arminius, Melina und der Hund Max auf Jeanne d'Arc. Die junge Frau ist noch immer sehr blass und sieht in ihrem einfachen Bauernkleid nicht wie eine Nationalheldin aus, die sie später einmal sein wird.

Nun verabschiedet sie sich dankbar von Lucius, der ihr noch einmal Gottes Segen erteilt. Auch Arminius und Melina werden von Lucius umarmt. Leise flüstert er Arminius noch ins Ohr, dass er sich keine Sorgen machen soll, es werde alles gut werden.

Um Mitternacht verlassen Arminius, Melina, Max und Jeanne das Kloster und begeben sich durch die Klosterpforte in die Tunnel der Zeit.

Lucius ist sich ganz sicher, diesmal das Richtige getan zu haben. Er weiß genau, dass Arminius seinen Schützling sicher in die Vergangenheit bringen wird.

In den Tunneln der Zeit

Melina und Arminius haben die junge Frau im Kloster zu Bingen zurückgelassen.

„Sie wird doch wieder sprechen können?", fragt sich Melina unsicher.

„Der Abt hat versprochen, dass ihr nichts geschieht. Wir sollten jetzt versuchen, einen Zugang zu den Zeittunneln zu finden. Indem wir Jeanne in das Kloster zu Bingen brachten, haben wir die Vergangenheit verändert. Das wird uns den Zorn der Götter einbringen. Außerdem wird es Zeit für mich, meinen Kampf gegen Rom fortzuführen. Meine Leute werden mich sicher schon vermissen."

Melina nickt nachdenklich. Arminius will diese Zeit anscheinend ganz schnell verlassen.

Ihr wird mit einem Mal bewusst, dass er damit auch sie unwiederbringlich verlassen wird. Ihr Herz schlägt schwer und traurig, wenn sie an den endgültigen Abschied denkt. Doch es gibt keine andere Möglichkeit. Ihrer beider Leben ist einfach zu verschieden. Niemals könnten sie zusammen leben. Warum fühlt es sich nur so schmerzlich an?

Am Abend hat Arminius eine kleine Kapelle entdeckt, die ein Tor zu den Zeittunneln darstellt. Gemeinsam warten Melina, Arminius und Max, der ihnen auch weiterhin folgt, auf Mitternacht. Dann öffnet Arminius mit seinem Armband den Zugang und wieder betreten sie die Tunnel der Zeit. Doch als sich das Tor hinter ihnen schließt, erlischt auch das Licht aus der Taschenlampe.

„Oh je, wir haben keine Batterien mehr. Jetzt müssen wir die Tunnel im Dunkeln erkunden. Wie sollen wir da nur die Tore finden?", hört Arminius Melina verzagt fragen.

„Wir werden schon einen Ausgang finden", antwortet Arminius zuversichtlich und ergreift Melinas Hand. Sofort wird Melina ruhiger und fühlt sich warm und sicher.

Nun erweist es sich als Vorteil, dass auch Max zu ihrer kleinen Gruppe gehört. Ganz selbstverständlich übernimmt er die Führung und bringt sie durch die finsteren Tunnel. Doch plötzlich bleibt er stehen und winselt leise.

„Was ist denn? Warum geht es nicht weiter?", fragt Melina, die sich schutzsuchend an Arminius schmiegt.

„Der Tunnel scheint eingestürzt zu sein. Ich fühle nur dicke Gesteinsbrocken vor uns. Max, wir müssen einen anderen Ausgang finden."

Arminius nimmt Melinas Hand ganz fest in seine und führt sie zurück in die Richtung, aus der sie gekommen sind. Dabei untersucht er mit seiner freien Hand die Tunnelwände, um einen möglichen Ausgang zu finden. Doch er kann keine Tore oder Abzweigungen spüren.

„Können wir nicht einfach wieder zurückgehen?",
fragt Melina.

„Dann landen wir wieder in der kleinen Kapelle,
denn ich habe vorhin keinen Abzweig bemerkt, der
uns zu einem anderen Ausgang führen würde",
antwortet Arminius.

„Aber was können wir dann nur machen?"
Irgendwie hört sich Melinas Stimme weinerlich an.

„Wir werden versuchen, einen anderen Tunnel zu
finden, indem wir erst ein Stück in die Zukunft
reisen und von dort einen Zugang zur
Vergangenheit suchen. Allerdings sagte Lucius, dass
es uns nicht gelingen würde, zurück in meine Zeit zu
gelangen. Vielleicht hat er es auch schon mal
versucht", ist sich Arminius plötzlich nicht mehr so
sicher.

„Dann müssen wir also erst wieder in die Zukunft,
um dann in die Vergangenheit zu reisen?", fragt
Melina zum besseren Verständnis noch einmal nach.

„Das ist die einige Möglichkeit, die mir einfällt",
antwortet Arminius.

„Was ist, wenn alle Tunnel in die Vergangenheit
eingestürzt sind? Vielleicht finden wir keinen Weg
zurück in deine Zeit. Was wirst du dann machen?"
Plötzlich hat Melina einen kleinen Funken
Hoffnung, dass sie Arminius nicht für immer
verlieren wird.

„Wir werden erst noch einmal versuchen, einen Tunnel in die Vergangenheit zu finden", entgegnet er, als würde es ihm nichts ausmachen, Melina zu verlassen.

Plötzlich bleibt Max stehen und knurrt laut. Melina versucht angestrengt die Dunkelheit um sie herum mit ihren Blicken zu durchdringen. Dann meint sie einen Lichtschein in der Ferne zu erkennen. Schnell kommt das Licht auf sie zu.

Dann erkennt sie auch eine weiße Gestalt, von der eindeutig ein leises Klirren ausgeht.

In einem Kinofilm wäre die Gestalt sicher ein Gespenst, denkt Melina, doch sie glaubt nicht an Gespenster. Jetzt ist im Licht der weißen Gestalt auch ein roter Fleck zu erkennen. Immer noch nähert sich die Gestalt und dann endlich kann Melina erkennen, dass anscheinend ein Kreuzritter auf sie zukommt.

„Wer seid Ihr und was tut Ihr hier in den Tunneln?", spricht sie der große, in ein Kettenhemd mit einem weißen Überwurf gekleidete Ritter an.

„Wir sind auf der Suche nach einem Weg in die Vergangenheit", antwortet Arminius, der sich anscheinend gar nicht wundert, einen Ritter in den Tunneln zu treffen.

„Warum lauft ihr dann ohne Licht durch die Dunkelheit?", fragt der Ritter und blickt auf die Taschenlampe in Melinas Hand. „Ich hatte auch einmal eine solche Lampe, welche das Licht der Sonne einfängt. Eine reizende junge Dame schenkte sie mir einst." Ein schwärmerischer Ausdruck ist auf seinem Gesicht zu erkennen. Dann schaut er Arminius wieder direkt an. „Doch bei der Suche nach dem Weg in die Vergangenheit werdet ihr kein Glück haben. Ein Teil der Gänge ist schon vor Ewigkeiten eingestürzt", erklärt er, um sich gleich darauf vorzustellen: „Mein Name ist Jacques de Molay, Großmeister der >armen Ritterschaft Christi und des salomonischen Tempels zu Jerusalem<, kurz Tempelritter. Ich bin auf dem Weg zur Burg Lahneck, in der einige Glaubensbrüder auf mich warten."

„Wir sind Arminius, Melina und unser Hund Max. Wir suchen einen Weg zurück ins Jahr 9 nach Christus", stellt sich Arminius dem Ritter vor.

„Wie ich schon sagte, ihr werdet kein Glück haben, denn die Tunnel, die in die Vergangenheit führten, sind bei einem Erdbeben eingestürzt. Damals war ich auf einer geheimen Mission und konnte den Tunneln mit viel Glück im letzten Moment entkommen. Leider habe ich bei meiner Flucht auch die Lampe, die das Licht der Sonne bewahrt, verloren. Sie fehlt mir noch heute. Aber zurück zu euch und eurer Suche nach einem Weg in die Vergangenheit. Von diesem Punkt aus gibt es nur noch die Zukunft. Wir

Tempelritter hoffen darauf, eines Tages in einer besseren Welt anzukommen."

Einen kurzen Moment überlegt Melina, ob sie ihm von der Auflösung seines Ordens im Jahr 1312 erzählen soll, doch damit würde sie vermutlich erneut die Geschichte verändern.

Der Tempelritter hat sie genau beobachtet und scheint ihre Gedanken erraten zu haben.

„Wir wissen von der Zerschlagung unseres Ordens. Wir Tempelritter nutzen diese Zeittunnel schon seit mehr als hundert Jahren. Einige Brüder sind auch bereits in eine ferne Zukunft gereist, um unseren Tempelschatz vor dem Zugriff des Papstes Clemens zu schützen."

„Damit verändert Ihr doch die Geschichte! Habt Ihr keine Angst vor der Rache der Götter", will Arminius erstaunt wissen.

„Auch das wurde im großen Buch des Lebens bereits berücksichtigt", antwortet der Ritter de Molay. „Niemand kann gegen das Schicksal handeln, alles ist immer vorbestimmt. Wir Templer haben es uns zur Aufgabe gemacht, die Reisenden zu schützen. Heimlich jedoch bereiten wir die Menschen auf das ihnen bestimmte Schicksal vor. Darum versuchen wir zu allen Zeiten, in den Kirchen für Offenheit und Toleranz gegenüber anderen zu werben."

„Das hat aber leider nicht immer funktioniert", platzt Melina heraus.

„Das ist richtig, aber auch das wurde schon vor ewigen Zeiten im Buch des Schicksals bestimmt. Wir sind jedoch sicher, dass immer einige gute Menschen unser Werk weiterführen werden."

Das hört sich sehr zuversichtlich an, denkt Melina, doch es werden im Verlauf der menschlichen Geschichte noch viel zu viele Schlachten und Kriege geführt. Ob das alles tatsächlich vorherbestimmt ist?

„Sorgt Euch nicht, dass Ihr den Weg in die Vergangenheit nicht findet. Euer Blick sei immer in die Zukunft gerichtet. Nur in der Zukunft liegt Euer Schicksal", lautet die Mahnung des Ritters de Molay. „Ich werde auf der Burg Lahneck erwartet, wo über den Fortbestand unseres Ordens entschieden werden soll. Euch rate ich, den Weg in die Zukunft zu suchen. Lebt wohl!"

Dann betritt er einen anderen Tunnel und nimmt die Fackel mit sich.

Kurz darauf stehen Arminius, Melina und Max wieder in der völligen Dunkelheit. Melina beginnt sich zu fragen, ob die Begegnung tatsächlich stattgefunden hat, so unwirklich kommt sie ihr jetzt vor.

„Meinst du, er hat recht und wir finden nie zurück in deine Zeit?", fragt sie Arminius mit unsicherer Stimme.

„Es sieht so aus, als sollte er Recht behalten, denn der Tunnel der Zeit, in dem wir uns vorhin befanden, war tatsächlich eingestürzt. Wir werden zu dem Tor gehen, durch das wir die Zeittunnel betreten haben. Dann versuchen wir einen Weg in die Zukunft zu finden."

„Diese Zeitreisen sind schon sehr kompliziert. Ich bin froh, wenn ich wieder in meinem Wohnzimmer sitze", seufzt Melina frustriert auf.

„Also lass uns jetzt einen Weg in deine Zeit suchen. Begeben wir uns erst einmal zum Ausgangspunkt dieser Reise", bestimmt Arminius und nimmt Melinas Hand. Gemeinsam machen sie sich auf den Rückweg durch die Dunkelheit.

Endlich scheinen sie das Tor erreicht zu haben.

„Ich werde versuchen, uns direkt in die Zukunft zu bringen, ohne dass wir den Tunnel verlassen. So müssen wir nicht bis Mitternacht warten, um unsere Reise fortsetzen zu können", erklärt Arminius, als sie in der Dunkelheit vor dem Tor stehen.

„Vielleicht sollten wir den Tunnel noch einmal verlassen und uns eine Fackel besorgen, bevor wir es noch einmal versuchen", wendet Melina ein, doch es ist bereits zu spät. Arminius hat die Steine seines

Armbandes berührt und plötzlich scheint sich der Tunnelboden zu bewegen.

Verängstigt ergreift Melina die Hand, die ihr Arminius entgegenstreckt. In der Dunkelheit kann sie den Hund nicht spüren und so ruft sie ängstlich nach dem Tier.

„Er ist bei mir, hab' keine Sorge", beruhigt sie Arminius, der scheinbar immer alles unter Kontrolle hat.

Immer heftiger schwankt der Boden und dann dreht sich alles um die drei. Sie werden durcheinander gewirbelt und stoßen immer wieder gegen die engen Tunnelwände.

„Lass' nur meine Hand nicht los", ruft ihr Arminius zu, der den verängstigt jaulenden Hund ebenfalls festhält.

Melina drängt sich noch enger an Arminius und schließt ängstlich die Augen. Wenn es nur endlich vorbei wäre. Ihr ist ganz schlecht vor Angst.

Immer noch werden sie durch die Dunkelheit gewirbelt, ein ohrenbetäubendes Heulen liegt in der Luft. Das kann unmöglich von Max stammen. Ob er überhaupt noch bei ihnen ist?

Nach einer gefühlten Ewigkeit meint Melina ein Licht zu sehen, das langsam heller wird.

Ein gewaltiger Knall explodiert in ihrem Kopf und ihr Körper schlägt hart auf. Einen Moment hat sie das

Gefühl, keine Luft zu bekommen. Irgendetwas Schweres liegt auf ihrem Rücken und macht es ihr unmöglich, den Kopf zu bewegen.

Der Schwindel lässt langsam nach und sie erkennt, dass sie auf einem kalten Steinboden liegt. Das Gewicht auf ihrem Rücken verändert sich, dann ist es verschwunden, dafür schiebt sich eine haarige Schnauze in ihr Gesichtsfeld.

„Max, du bist noch da. Bin ich froh", ruft sie erleichtert aus.

„Geht es dir gut? Bist du verletzt? Kannst du aufstehen?", hört sie Arminius besorgt fragen.

„Arminius, du bist auch da. Wie gut, dass ich nicht allein bin", erleichtert versucht Melina sich aufzurichten. Ihr Schädel dröhnt und alle Knochen schmerzen, doch es scheint nichts gebrochen zu sein. Vorsichtig bewegt sie Arme und Beine. Endlich kann sie sich aufsetzen. Verwirrt blickt sie sich um, denn alles kommt ihr sehr bekannt vor.

„Wir sind im Keller meines Hauses, wo diese wahnsinnige Reise vor einer Ewigkeit begann", bricht es erstaunt und erleichtert aus ihr heraus.

„Willst du damit sagen, dass wir wieder in deiner Zeit und in deinem Haus sind? Das ist doch unmöglich! Wie kann das sein, gerade standen wir doch noch vor dem Tunneltor", ist auch Arminius verwirrt.

„Das ist mir total egal, ich will jetzt nur noch wissen, in welchem Jahr wir gelandet sind. Es ist so unglaublich schön, wieder zu Hause zu sein", jubelt Melina überglücklich, bis sie in das Gesicht ihres Begleiters sieht.

Arminius sieht furchtbar niedergeschlagen aus. Da wird Melina mit einem Mal klar, dass es für ihn natürlich keine glückliche Heimkehr ist. Seine Reise zurück ins Jahr 9 nach Christus ist gescheitert und wie es aussieht, gibt es auch keinen Weg dorthin zurück.

„Wir werden einen Weg durch die Tunnel in deine Zeit finden, dann kannst auch du zurückkehren", versucht sie ihn aufzumuntern.

„Willst du denn wirklich, dass ich gehe?", sieht Arminius sie mit fragend hochgezogenen Augenbrauen an.

Da wird ihr klar, wie sehr sie ihn vermissen würde, wenn er tatsächlich nicht mehr bei ihr wäre. Sie kann sich schon jetzt ein Leben ohne diesen unglaublichen Mann gar nicht mehr vorstellen. Darüber hinaus sieht er auch noch unverschämt gut aus, besonders als sie jetzt in seine funkelnden Augen sieht.

„Nein, natürlich nicht. Bleibe bei mir, für immer", bittet sie den Mann aus einer fernen Vergangenheit, den sie eigentlich nie kennengelernt hätte.

„Ich dachte schon, du willst mich gar nicht", schließt er sie in seine Arme und küsst sie endlich.

Für einen alten Germanen küsst er gar nicht schlecht und mit etwas mehr Übung werden sie sicher noch viel Zeit damit verbringen.

Einige Tage denkt Melina darüber nach, ein Buch über ihre aufregende Reise durch die Zeit zu schreiben, doch sie weiß jetzt schon, dass ihr diese Geschichte sicher niemand glauben würde!

Aber der lebende Beweis sitzt ihr jeden Morgen am Frühstückstisch gegenüber. Ein Leben ohne Arminius und Max kann sie sich gar nicht mehr vorstellen.

Sie sind schon ein ganz besonderes Team, der römische Germane, die Lehrerin und der struppige Hund. Melina ist sich sicher, dass sie nichts mehr trennen kann.

ENDE

Historische Personen

Arminius	17 vor Chr. - 21 n. Chr.
	Hermann der Cherusker,
	germanischer Held
Publius Quinctilius Varus	46 vor Chr. - 9 nach Chr.
	Römischer Senator und
	Feldherr in Germanien
	Er beging noch auf dem
	Schlachtfeld Selbstmord
Hildegard von Bingen	1098 - 1179 n. Chr.
	Benediktinerin,
	Schriftstellerin, Dichterin
Jacques de Molay	1244 - 1314
	Großmeister der Tempelritter
	Wurde auf dem
	Scheiterhaufen verbrannt
Jeanne d'Arc	1412 - 30.5.1431
	Französische Nationalheldin
	Wurde auf dem
	Scheiterhaufen verbrannt
Martin Luther	10.11.1483 bis 18.2.1546
	Theologieprofessor,
	Reformator